印第安纳速写

肖复兴◎著

Sketches of Indiana

新 华 出 版 社

图书在版编目（CIP）数据

印第安纳速写 / 肖复兴著. —北京：新华出版社，2015.3
ISBN 978-7-5166-1548-5

Ⅰ.①印… Ⅱ.①肖… Ⅲ.①散文集—中国—当代 Ⅳ.①I267

中国版本图书馆CIP数据核字（2015）第042535号

印第安纳速写

作　　者：肖复兴

出 版 人：张百新
策划编辑：刘志宏　　　　　　　　　责任编辑：刘志宏
封面设计：李尘工作室　　　　　　　责任印制：廖成华

出版发行：新华出版社
地　　址：北京石景山区京原路 8 号　　邮　　编：100040
网　　址：http：//www.xinhuapub.com　http：//press.xinhuanet.com
经　　销：新华书店
购书热线：010-63077122　　　　　　**中国新闻书店购书热线：010-63072012**

照　　排：李尘工作室
印　　刷：北京凯达印务有限公司

成品尺寸：160mm×240mm
印　　张：17.5　　　　　　　　　　字　　数：219千字
版　　次：2015年3月第一版　　　　印　　次：2015年3月第一次印刷

书　　号：ISBN 978-7-5166-1548-5
定　　价：46.00元

图书如有印装问题，请与出版社联系调换：010-63077101

目录

1

第二辑　印第安纳赶集

第三辑　胡萝卜花之王

第四辑 塔夫特夫人的选择

自 序

2013年，我去美国印第安纳，住了四个多月。2014年，我去印第安纳，住了半年。前后两次到印第安纳，跑了这个州的大多地方。对于这个美国中西部著名的农业大州，多少有了一些感性的认知。

记得第一次乘坐美联航的航班，从北京飞往芝加哥的途中，一位华裔乘务员问我到了芝加哥然后去哪儿？我告诉他去印第安纳，他立刻脱口而出：哦！那是个大农村！明显带有一丝成见，就像上海人以为上海之外的人都是乡下人一样。

不过，他说的也没有错。同纽约、华盛顿、洛杉矶、旧金山、夏威夷、拉斯维加斯等那些耳熟能详的美国著名景点相比，印第安纳太不出名。在美国，印第安纳确实就是个农村，只是，这个大农村和我们如今的农村概念，已经完全不同。即使和我们现在发展起来的富裕的现代新农村，也有着明显的差别。这种差别，首先表现在城乡之间，除了大片的田野之外，已经见不到什么差别。想起以前读中学时，老师兴致勃勃地对我们讲述过的共产主义到来的标志，就是要消灭三大差别，其中之一就是城乡差别，那曾经对于我们这一代人是一个多么诱人的前景与目标。如今，对于一个发展中的中国而言，纵使我们的经济发展令世界瞩目，但是，农村的改造和发展问题，依然是摆在中国现代化进程中的一大课题，其中，不仅涉及城乡经济一体化的发展，同时，更关系城乡齐头并进相互作用的文化与教育。因此，印第安纳这样的农业州，或许对我们的借鉴和思考会更多，也更有益一些。

作为美国农业大州，印第安纳的西瓜、哈密瓜、桃、蓝莓，以及西红柿等蔬菜的产量，在全美名列前茅。在这里生活，会明显的感受得到这样的特点，无污染和无转基因，让这里的农产品的光彩度，更加得天独厚。特别是到了夏秋两季，这里的西瓜，比从遥远墨西哥运来的西瓜要甜且水分更为充足。墨西哥的西瓜，一般在超市卖，而人们更愿意选择到农贸市场去买刚从地头摘下的新瓜。曾经也在美国其他一些地方生活过，但其他地方的桃，都没有这里的甜，而且品种多。在这里，乡村和城市只有一步之遥，农业时代的田园回忆和想象，在这里的城市间尽情流溢。这实在是一桩在如今北京这样的大城市里难以品味得到的。在北京，也有许多农家乐之类的采摘或餐饮，也有不少新兴的自然无公害的农产品的配送。只是，前者的粗放型，后者的高价格，离人们的田园想象有些距离。

作为城乡的公共空间的配置与建设，也是我感兴趣的焦点之一。无论州府印第安纳波利斯，还是我居住的大学城布鲁明顿，抑或是其他如拉法耶特、特雷霍特，或者如纳什维尔、欧文小镇，或是其他一些乡村、森林，都会看到许多为大众共享的公共空间，如公园、图书馆、美术馆、剧场、音乐厅、体育场、儿童博物馆、儿童乐园……这些地方，我们也都有，而且，有的建得还非常的豪华。但是，由于人口众多，各地发展不均衡，再加上愈演愈烈的商业化的侵蚀，应该说，和我们如今长足的经济发展并不匹配。

而我所住的布鲁明顿这座不过六万人口的小城，其文化艺术氛围，更是让我感慨。每年一度的各种音乐节和艺术节，让我两年都赶上了。我不清楚，这样的名目繁多的节里，政府有多少投入，但是，明显地感到，很多的节目，是在公共空间里免费进行，大众可以自由出入，互动性和参与性很强。即使需要购买门票的演出，票价也没有我们这里贵得离谱，一般大众都可以接受。有时会想，文化与艺术，对于大众而言，是一种物质之外的精神的需要，其实也是一种民族的自我教育，这应该是自古罗马时代人类就有的一种追求，到了文艺复兴时期，又曾经旧事重提。那时候，在古罗马时代的戏剧节，所有的百姓必须要进入剧场，既要求做演员，也要做观众的。而在蒙特威尔第时代，这位伟大的音乐家倡导建立平民剧院，以几元钱的低票价让更多普通人能够进入剧院。我们拥有悠久的文化传统，我们如今又拥有高GDP，我们应该做得比布鲁明顿这样的小城更好才是。这在于如今我们的文化与道德的整体严重滑坡乃至坍塌的现实面前，显得尤其重要。

住在印第安纳的时候，有时会想，柳亚子先生的儿子、李欧凡先生曾经在这里教过书，阿根廷著名作家博尔赫斯曾经两次专程访问过这个地方，而音乐家贝尔、画家斯蒂尔、NBA巨星大鸟博德的足迹，更曾经踏遍了这个地方。这说明，这个在美国显得有些僻远的农业州，还是有自己足以吸引人的地方，是值得写一写的。由于两次在印第安纳住的时间都比较长，无事可干，便将这些感受和感想，随手写下了一些文字，随时发到国内的一些报纸，如《人民日报》、《文汇报》、《新民晚报》、《解放日报》、《北京青年报》、《南方日报》、《天津日报》、《河北日报》等发表。有的篇章，也曾在《香港文学》和《上海文学》刊发。两年下来，蚂蚁衔食、乌鹊搭窝一般，居然积累成了这样一本书。感谢新华出版社的老朋友不弃，并以最好的设计印制和最快的速度出版这本小书。

　　我向来不喜欢写也不喜欢读坊间常见的旅游书，与其读那种走马观花纯粹于风花雪月只是旅游手册翻版的书，不如去读风光摄影作品集，更直观一些。我也从来没有走遍世界的奢望，那种以对景点占有的心态去各地到此一游的方式，并不是我喜欢的。我只是希望在一个陌生却也新鲜的地方，常住下来，静下心来，相看两不厌，看到新鲜一点的什么，并能够思味一些什么。尽管，我只是一个外来者，甚至只是一个旁观者，所见所知所悟，有那么多的局限，甚至单薄而浅显，却还是想尽可能发现一些自己能够独特感悟到的东西，哪怕只是一点一滴，说给读者听。因此，这本书，既是给予我自己曾经在印第安纳生活的一份日子的纪念，也同时希望能够让读者读完之后，和我有一样的感受和感想，放下书，觉得那地方值得一去之外，也能够反观我们的四周，多想一点儿什么。

　　需要向读者交代的是，这本《印第安纳速写》分为四辑，前三辑都是书写印第安纳的人与事，景与情，最后一辑则是依托印第安纳辐射周边相邻的如芝加哥、圣路易斯、辛辛那提、纳什维尔等地的书写。那些地方，离印第安纳都不远，开车几个小时就到了。尽管书写的背景略有不同，内容及其感悟，却是和前三辑一脉相承。

　　同时，还要向读者交代的是，因前后去美国多次，时间充裕，走遍了我去过地方所有的美术馆，让我喜欢上了绘画。在这本书中，有我在印第安纳这两年随手画的一些速写，也算是让这本小书如书名一样，成为名副其实的印第安纳速写。

2015年春节前夕于北京

第一辑

谁听到那唱歌的风

谁听到那唱歌的风

这一片茂密的森林叫黄树林，离布鲁明顿市大约10公里左右。当年，即1907年到1926年，斯蒂尔（T.C.Steele）曾经在这里生活了整整20年的时间。他是美国早期负有盛名的印象派画家，1900年巴黎、1904年圣路易斯、1918年巴拿马三届世博会上，都有画作展出，他的很多作品，画的就是这一片森林风光。

斯蒂尔的林中故地很好找。醒目的标志牌，指示下公路往西拐两英里即是。在一片坡地上，散落着几座红色的房子，被绿树簇拥，红得醒目，绿得明心，油画般，又童话般，呈现在面前。正是雨后的下午，林中的空气清新而湿润，微风中的树叶飒飒细语，远近的树木静静地矗立在那里，像是远遁尘世的隐者，陪伴着这位已经逝去了88年的画家。

走近红房子，先看到的是办公室、美术教室和博物馆。博物馆像一座谷仓，我猜想是后建的，里面陈列着斯蒂尔的生平照片和不多的画作，他的大部分作品在印第安纳波利斯的美术馆、印第安纳博物馆和印第安纳大学里。我第一次见到斯蒂尔的画，便是在印第安纳大学，很多是他早期的画，画面大多是田野和森林风光，色调有些晦暗。

还有一幢尖顶房子，沿坡地斜立着，面对草坪，四周百合、萱草和太阳菊，是专门为今天的画家而设立，现在这里定期会请一位画家住在这里绘画，体验当年斯蒂尔的生活。这是向斯蒂尔致敬的一种方式。

再往前走，才是斯蒂尔的故居，是一排平房，褐色的坡顶，红色的墙身，很长，一侧有一个开阔的露台，很熟悉，那是斯蒂尔当年画过的，他画得很漂亮，一看就怎么也忘不了。只是，画中的露台前有一株参天的大树，如今没有了，露台前簇拥着一丛灌木，绿意葱茏，如浴后披散秀发的女人。屋前是宽敞的小院，花木扶疏，斯蒂尔也曾经画过，画面上曾经出现过他的外孙女，还是个孩子。如今，岁月如风长逝，当年的小姑娘即使还在人世，也多年的媳妇成婆婆了。可惜的是，房子里住着人，大概是斯蒂尔的后代，无法进去仔细看。

斯蒂尔出生在印第安纳州欧文镇，那里离这里不远，我曾经去过一次，是一个袖珍小镇，四周是田野和森林，大约离这里20多公里。他的父亲是个农民，兼做马鞍，家族里没有美术因子的遗传。所以，我相信，绘画是一种天才的本领，后天的学习，只会让他如虎添翼。斯蒂尔

7岁学画，却没有什么专业的训练，长大后在印第安纳波利斯和芝加哥画广告和人像为生，其经历和如今北京聚集在宋庄的一批流浪画家类似。如果不是一个叫赫尔曼的好朋友鼎力相助，也许他就一辈子泥陷宋庄。

当时，赫尔曼看他那么痴迷画画，便找了12人，每人出资100美元，加上他本人，一共凑出1300美元，送他到慕尼黑皇家美术学院学习，要求是学成回来送他们每人几幅他画的画。这一年，斯蒂尔33岁。5年后，他毕业回到印第安纳波利斯，留学镀金没有给他带来什么变化，他还是靠画广告和人像为生。不过，他的心里已经展开了新的画卷。他不想总是画广告和人像，最想画的是风景，他的画风因此大变，不再像以前那样色调阴沉晦暗，而是色彩明朗而丰富，光线在画面上跳跃，有了印象派的风格。他甚至攒钱买了一辆马车，为的就是到乡间和林间旅行，捕捉森林中瞬间的万千变幻，画他最想画的风景。他在那时候来到了这里，相中了这一片美丽幽静的黄树林。

1894年，是他命运转折的重要一年，这一年，他47岁。印第安纳波利斯艺术学会在芝加哥举办美术展览，选中他多幅风景油画。这一次的展览，让斯蒂尔声名大噪。他的画开始卖出了大价钱。1900年，印第安纳艺术学会买下了印第安纳波利斯的廷克大厦，创办了海伦艺术学校，斯蒂尔也搬进廷克大厦居住。1907年，斯蒂尔有了足够的钱，终于买下了黄树林这片他钟情的林中绿地，买下了眼前我看到的这幢红房子，经过翻修改造，变成了他人生后20年的栖息地。

他称廷克大厦是他的冬宫，称这里是他的夏宫。他还非常富有诗意地把这幢红房子叫作"唱歌的风"。

房子露台一侧，沿石砌的台阶蜿蜒走下，是一片轩豁的草地，再往前走，便是密密的森林。林子前，有一座古老的小木屋，看屋前牌子的介绍，叫"路边博物馆"，是1870年苏格兰人造的房子，原在离这里5英里的地方。1907年，斯蒂尔来这里时便看中了这座小木屋，后来把它买下，移到这里。移到这里的原因，是因为这里有一条斯蒂尔修的小路，沿着这条斗曲蛇弯的小路，可以通向密林深处，那里有一条清澈的小溪。

因为是雨后，沉积去年落叶的小路有些泥泞湿滑，左右横刺过来的枝条牵惹衣裳，阳光被枝叶筛下变成暗绿色，时光在那一瞬间回流到以前，想象着斯蒂尔每天走在小路的情景，仿佛和晚年达尔文与卢梭常常散步的林间小路一样，帮助他们的思考和写作，使得达尔文有他的进化论的著作，卢梭有了《一个孤独的散步者的遐思》，斯蒂尔也神助般有了他那样一批美轮美奂的画作。

斯蒂尔将这条小路命名为"沉默之路"。

为什么沉默？想起如今的喧嚣和舌灿如莲的热闹，或许沉默才显得可贵而难再。对于一切富于创造性工作而言，沉默永远是最需要的。沉默源于并依赖于内心。森林就是沉默的。

晚年的斯蒂尔把他住的红房子，和这片静谧的森林，以及这条"沉默之路"，称作是"精神避难所"。他说："对于有些人来说，这样的精神避难所是必要的。对于保持身心健康、继续成长，是有必要的。在这里，我选择了'避难所'这个词，是经过深思熟虑，因为这个地方不是为了娱乐休闲，更是为了受到启迪。"

或许，这就像我们先辈所说的天人合一，让大自然洗礼我们尘埋网封的心灵和精神。或者，像是巴黎郊区的巴比松，大自然是艺术最好的老师和守护神，养育了一批画家一样，也养育了斯蒂尔等一批画家。事

实上，自斯蒂尔来到这里后，一批画家也先后来到这附近，印第安纳一批画家在这片森林中成长并蔚为成名。

1926年，将要80岁的斯蒂尔因心脏病逝世于这幢红房子里。

站在这幢红房子面前，想起斯蒂尔当年称它是"唱歌的风"。风还在习习地吹，只是不知谁还能如斯蒂尔一样听得见四面林中吹来的歌声。

我听到了吗？

2014年6月9日于布鲁明顿

到印第安纳波利斯听贝尔

印第安纳是贝尔的家乡，他出生在这里的布鲁明顿，在印第安纳大学的音乐学院读过书。印第安纳州曾经授予他政府艺术大奖。因此，这一次贝尔到印第安纳，在印第安纳波利斯市中心的希尔伯特环形音乐厅演出，颇受到家乡人的欢迎。他已经好久没有回家乡了。我听他的母校人说，印第安纳大学音乐学院早就聘请他为教授，请他有时间回母校教授年轻的学生，可是很难见到他的影子，也是，他太忙了。名声和忙碌总是连在一起的。

我很庆幸这次来印第安纳正好赶上了这次难得的机会，虽然是楼上后排的座位，总算买上了票。此次来印第安纳，贝尔演出三场，三场的节目一样，都是西贝柳斯的D小调小提琴协奏曲——其实，只是上半场的演出，下半场是印第安纳波利斯交响乐团自己的保留节目：德沃夏克的交响曲"自新大陆"。但我知道，所有这三天来希尔伯特环形音乐厅的人，都是奔着贝尔来的。

没有想到，来到音乐厅，几乎爆棚。尽管我知道贝尔在美国颇受欢迎，他演奏技术没的说，还曾获得过奥斯卡和格莱美等大奖，而且，他人长相俊美，特别受美国女人的万千宠爱。但印第安纳波利斯毕竟偏了些，而且人口不多。不过，想想，这里毕竟是他的故乡，来这么多人捧场，也是应该的。

还没有想到，来到音乐厅，看到观众几乎都是老人，有的还是坐着轮椅来的老人。这样的情景，让我感慨，古典音乐的受众面越来越狭窄，越来越老龄化，已经是全世界的趋势，纵然是再顶尖的音乐家现身，再杰出的古典音乐演绎，也难以挽狂澜于既倒。

贝尔对于中国的乐迷并不陌生，他来过中国演出，他为电影《红色小提琴》的配乐，也为大家所熟悉。而且，人们更熟知2007年他戴着棒球帽，穿着T恤衫，在华盛顿地铁站里演奏的实验，45分钟的演奏，上千人路过，只有7人驻足听，只有27人给了钱，一共是32元17美分。尽管古典音乐和现实生活，在地铁站里形成了反讽，但是，致力于音乐古典和现代的融合方面，贝尔勇敢面对，做出了可贵的尝试，并一直在努力。

20多年前，即上个世纪90年代初，CD的品种有限，有的还不大好买。那时，我想买一盘海菲兹演奏的西贝柳斯D小调小提琴协奏曲的CD，几乎跑遍北京城的大小音像店，也没有买到，最后只好退而求其次买了一盘贝尔的。那时，贝尔还没有后来那样爆得大名，我对他并不熟悉，记得很清楚，是在当时灯市口的一家音像店，左选右选，只是无奈地选择了他。想想，也算是缘分吧，那时的贝尔才20多岁，他是1967年出生的。CD封套上他的照片，可谓年轻英俊，风流倜傥。

看到真实的贝尔，在全场雷动的掌声中，一身黑色的演出服，抱着他那把价格昂贵的1713年斯特拉底名琴出场，尽管20多年过去，他已经是快50岁的人了，但依然显得非常年轻，身材修长，像运动员健美的体形，是很多音乐家难得拥有的。而且，他确实长得很帅，特别有女人喜欢的那种容颜和身材。以前，提起当代小提琴演奏家，人们公认为美女

的是穆特。和贝尔对比看，远不如贝尔，那种俊秀中的俊朗，真的和他
优美的琴声相配。

不过，说心里话，听贝尔现场，不如听他的CD。不知怎么搞的，
总觉得他演奏得过于激情，而且有些炫技。当然，西贝柳斯的这支D小
调里本身蕴含着炫技和火热情感的成分，但西贝柳斯是将两者深藏在内
敛的冷峻里面的。隐隐觉得，不如20多年前曾经买过的他的那盘CD。
或许，回忆中的贝尔，存在着我自己的感情在内，那时，对于古典音
乐，特别是小提琴，尤其是诸如贝多芬、德沃夏克和西贝柳斯的几首世
界著名的小提琴协奏曲，格外痴迷。但也可能那时闯荡江山不久的年轻

的贝尔，操琴时还小心翼翼。如今的他，已经久经沧海，曲子在他的那把名琴上上下腾挪跳跃，滚瓜烂熟。

而且，他拉琴的动作幅度较大，也多少影响了效果，和我想象中的贝尔多少也有些距离。想象中的贝尔，即使不是海菲兹那样冷峻如冰，拉琴时身子纹丝不动，但也不应该是现在这样将苗条的身子起伏如摇曳的柳枝。尽管，年轻的捷克指挥和乐队与他配合得不错，第一乐章的大提琴，第二乐章的木管，第三乐章的铜管乐，和他的小提琴风来雨从，

将那种哀婉、柔美和狂放的起伏变化演绎得棱角分明，总是觉得和真正的西贝柳斯有一段距离。

演出结束后，全场起立为他鼓掌，渴望他能够加演一支乐曲。他一次次地返场谢幕，但始终没有加演。他并没有给家乡一个额外的赠品。

2014年6月26日于布鲁明顿

如果大地可以言语

——寻找冯内古特

在印第安纳波利斯找一个叫作"冯内古特纪念图书馆",找了老半天,有些费劲。

库尔特·冯内古特(KurtVonnegut)是印第安纳波利斯人,他出生在这里,在这里长大,一直到他去康奈尔大学学化学。在新建不几年的印第安纳博物馆的文化名人廊里,有他的照片,是将他和斯蒂尔(美国早期印象派画家)、贝尔(当代小提琴演奏家),并列为印第安纳三杰。应该说,这里是他的故乡。但是,这里并没有给他留下什么好的印象。因为他是德国人的后裔,在第一次世界大战和第二次世界大战期间,美国人对德国人没有好感,他从小便受到另眼的歧视。

车行在印第安纳波利斯北城偏东的地方,这里是波利斯的德国区,当年德国移民集中居住的地方。波利斯如今是印第安纳州的州府,南北战争,驱赶走印第安人后,逐渐建立起一座现代化的城市,也就一百多年的历史。也就是说,是冯内古特的祖父这一批德国人19世纪来到这里,和其他移民一起,亲手建立起来的这座城市。可是,这座城市却对他施以冷眼。更何况,母亲患神经病自杀、妹妹患癌症、妹夫车祸身亡……摩肩接踵的打击,伴他度过整个青春期,残酷而窒息得让他差点儿自杀。这座城市留给他的是浓重的阴影,他怎么会喜欢这座城市？

　　车子在德国区东拐西拐，如今这里，当年德国人居住的老房子剩下不多，剩下的，也显得破旧，屋顶烟囱里冒出稀疏的炊烟，越发显得有些寥落。醒目的是当年那些石头砌起的高大建筑物，显示了德国人的气派和工艺水准。那一天阳光格外灿烂，照射在这样的庞然大物上，溢彩流光，丝毫没有觉得是一百多年前的建筑物。我们在一座楼顶镶嵌有"德国之家"字样的深红色大楼前停下，以为"冯内古特纪念图书馆"应该在气派堂皇的这里。走进一看，这里是集剧场餐厅会议厅为一体的大楼，一打听，不在这里，离这里还有好几条道街。

　　驱车继续寻找的路上，望着车窗外的街景，我在想，这里就是冯内古特青少年时生活过的地方，没准儿他和我们一样，当年也曾经从德国之家出来，奔走在阳光刺眼的街道上。只是，按照冯内古特自己的说法，当年没有这些纵横宽敞的街道，这里只是一座建立不久的小镇。不过，一方水土养一方人，对于冯内古特，我以为他之所以能够写作成功，一源于他在二次世界大战当兵的经历，特别是他在德累斯顿大轰炸

中在屠场下死里逃生的经历（他是仅存的7名美国俘虏之一）；另一便是源于他青少年时在波利斯的经历。记得海明威曾经说过童年不幸的经历是能够成为作家重要的因素。

在波利斯的北城几乎转了一圈，又回到了城中心，终于找到了"冯内古特纪念图书馆"。其实就在士兵水手纪念碑前面一点，走路的话，用不了十分钟。它只是偏安于一座铁锈红的大楼最底层的一角（这座大楼是家律师事务所），小小的，只有并排的两个房间，大小和布拉格的卡夫卡故居差不多。只有在玻璃窗上写有"冯内古特纪念图书馆"一行英文，和一幅冯内古特的漫画头像（这是冯内古特的自画像，曾经印在他的最后一本书《没过国家的人》的封面上）。虽然窗框和门框都刷成醒目的绿漆，但在高楼压迫下毕竟不大，如果不仔细看，或者没有读过这本书对冯内古特不大熟悉的人，很容易匆匆和它擦肩而过。

走进一看，右边一间屋里，靠窗陈列冯内古特曾经用过的一台天蓝色打字机；对面的一角有一台电视机，可以播放冯内古特的一些介绍内容的视频，前面摆有两条长凳。三面墙上挂的都是画，其中有几幅冯内古特自己画的画，都类似他的自画像的人物头像，漫画风格，夸张变形，线条简洁，逸笔草草，灵动飞扬，有几分像毕加索。

其他的画，都是别的画家画的冯内古特的肖像油画，其中最大的一幅是冯内古特驾驶汽车的油画，车是敞篷车的一角，橙黄色，背景是高楼大厦、绿树和蓝天。很明确是在描绘冯内古特年轻时候曾经驾驶着一辆瑞典小汽车，就在这附近肆无忌惮地瞎折腾，汽车屁股冒出的黑烟，把整个小镇笼罩在黑暗中。其寓意更是明确无误地用的是冯内古特曾经说过的一段话作为画外音："燃料如毒品，人用上它就上瘾。我们用汽车狂欢了一个世纪。"如今，这种狂欢，正在窗外的车水马龙之中。

反战和反现代科技对环境的破坏，是我读过冯内古特作品两大批判的锋芒所在。作为一个反叛美国文化的偶像级作家，冯内古特以他幽默讽刺的独特风格，长期屹立在美国文坛和文化之上，甚至是对立面。在我国，除了曾经出现过鲁迅，似乎再没有出现过这样以讽刺的风格和批判的指向的偶像级的作家。我们的作家，如今似乎失去了刚粉碎"四人帮"八十年代初期的锐气，开始陷入中产阶级的柔软沙发和午后茶外加甜品的现实与梦幻之中。在讽刺方面，只有赵本山和郭德纲勉为其难地取而代之，只是他们的小品相声的讽刺，远没有冯内古特的力度和深度，只剩下远离现实的隔靴搔痒浅尝辄止的搞笑。

另一间屋两面墙上各有一幅冯内古特的巨幅照片，一幅是头像，一幅是正在演讲，体现他对现实的介入态度，他不是一名室内乐的演奏者，更不是一位弄臣。靠窗的一角，辟为出售冯内古特著作（其中一本我国未曾出版的他的画集）和纪念品（最醒目的是印有冯内古特自画像的T恤）。最里面的一隅是一个沙发和一个书桌，旁边是一面直顶墙顶的书架，摆满冯内古特各种版本的全部著作，人们可以坐在那里读他的书。或许，这便是"冯内古特纪念图书馆"名字的由来吧。

这个名字，开始让我误以为它是依托冯内古特的故居（起码也是和他居住地方有些关系）而建立的一座图书馆。我买了一件T恤付款时，顺便问这里唯一的工作人员这个问题，他摇摇头告我这里和冯内古特没有任何关系。冯内古特是2007年去世的，印第安纳波利斯的人们纪念他，已经找不到他当年居住在这里的一点痕迹了，便创造出了这样的一角，让人们到这里来，既可以读他的书，也可以缅怀他的人。毕竟他曾经就生活在这里不远。他便也就可以随时推门进来和我们喝一杯咖啡聊聊天。骂骂总使世界很多地方战火不断的可恶的战争，和世界更多地方已经越来越被污染的空气，然后和我们一起叹口气。或许他会对我们说他最后一本书最后那一段话，是一首题为《安魂曲》的短诗，其中有这样一句："如果大地可以言语……人们不喜欢这里。"

2014年7月10日记于印第安纳波利斯

用剪刀剪出来的音乐

来布鲁明顿，正好赶上它的艺术季，据说在这个长达整个夏季和秋季的艺术季里，将有一千多场包括音乐、美术的活动，遍布在印第安纳大学校园和布鲁明顿这座不大的城市的大小角落。我赶上的第一个节目，是印第安纳大学美术馆的特展"马蒂斯剪纸：'爵士'"。在展览的最后一周的周日，将有一场真正爵士乐的演出，是为这次特展专门作曲的音乐会。今年，恰是马蒂斯逝世60周年的纪念。

美术与音乐联姻，并不是什么新鲜的事情，当初，德彪西的印象派音乐，最初的灵感便来自法国画家莫奈的《日出印象》，莫索尔斯基的钢琴组曲《展览会上的图画》，更是用音乐为绘画作品进行旋律素描。艺术如水，总是相通的，且看这里是如何将马蒂斯的剪纸化为音乐的。

特展"马蒂斯剪纸：'爵士'"，是马蒂斯的一组剪纸画，同时展出的还有他的一些速写和为文学作品如乔伊斯的小说《尤利西斯》所作的插图，再有便是马蒂斯的生平照片。显然，光是展览剪纸画，布不满偌大的展厅，其余的那些是为剪纸画助兴的配角。因为这一组剪纸画，一共只有20幅，每幅大约80厘米×60厘米大小，只是占了展厅的一面墙而已。这是1942年时马蒂斯的作品，那时马蒂斯已经是74岁的高龄，那时，他正在患病中，刚刚经过了十二指肠癌的手术，躺在病床上，体力不支，痛苦不堪的时候。他居然信手拿起了剪刀和纸，剪起纸来。这些作品，都被印成了画册，甚至明信片，在这些色彩明快、线条流畅的剪纸中，可以看到他的心情，他的性格，他的毅力和意志。

马蒂斯自己说剪纸帮助他养病，度过了那一段痛苦并且寂寞难熬的时光。对于马蒂斯，剪纸成了一服良药；对于我，则看到了他绘画艺术的另一面。剪刀在他的手中，鬼魂附体一般，灵动如仙；鲜艳的色块和诡异的线条，充满难得的童趣。在这组剪纸里，有他的回忆，关于童年看到的马戏团，以及后来旅行和对民俗的印象。1945年，马蒂斯从这些剪纸画中选出20幅，用水粉重新勾勒一遍，限量印制了270本画册，起名为《爵士》。其中第150本，被印第安纳大学收藏，现在展览的便是有马蒂斯亲笔签名的这本《爵士》。

《爵士》这个书名，为今天的展览提供了艺术的想象与音乐的拓展的空间，也成了这次特展别致的重头戏。音乐会那天，便专门去听。音乐会在美术馆里进行，不过是将展览马蒂斯剪纸画的展厅用隔扇隔出一片空间，真正的爵士乐和剪纸的爵士，今天音乐家的爵士和马蒂斯的爵士，便近在咫尺，甚至可以握手言欢，融合一起了。

音乐会的规模不大，观众有一百来人，前面摆着一架钢琴和一把大提琴贝斯，旁边是白色的幕布，幻灯打上马蒂斯的剪纸画。演奏钢琴的叫克里斯多夫，专门从波士顿赶来，所有的作曲出自他手，他说从2009年开始创作，到2012年完成了对马蒂斯这20幅剪纸画的音乐创作。贝司手叫阿伦，是印第安纳大学专门教授爵士乐的教授。每一段音乐开始的时候，幕布上会打出马蒂斯的剪纸画；每一段音乐结束的时候，会有一个人出来朗诵一段关于马蒂斯和他的这几幅

马蒂斯的"爵士"既是画也是音乐

剪纸的介绍。

这是一场沙龙式的音乐会，安静，优雅，摇曳的烛光，代替了爵士里应该有的那种如蛇一般灵动喷射的火焰；尤其是修复甚至是改造了爵士乐和马蒂斯画中那种来自底层的民间色彩。克里斯多夫说他的音乐融有爵士乐和现代音乐，在我听来，爵士乐那种明显的节奏和即兴的成分，并不明显；而现代音乐的成分似乎也不多；更多的是古典的回顾，山高水低，云淡风轻，无形中倒也多少吻合了当年马蒂斯剪纸以疗伤的平和心情。明朗的乐色，和适可而止、欲言又止的爵士节奏，洋溢在钢琴与大提琴的呼应中，淡淡的撩拨着马蒂斯的那些萤火虫般明灭跳跃的回忆，抒发着马蒂斯在这些剪纸中渗透的对人生积极乐观的感情，和面对病魔不屈服的意志。

其实，马蒂斯的这些剪纸画，大部分我都曾经看过，只是，是分散在画册中，甚至明信片中，有好几幅，在孩子小的时候，我和孩子都拿来剪刀和杂志花花绿绿的封面，照葫芦画瓢，一地彩色纸屑地剪过。所以，看着马蒂斯的剪纸画，都很熟悉，很亲切；而听到为其配的音乐，有些似是而非，显得有些遥远。或许，这是克里斯多夫对马蒂斯的理解和想象，还有他自己的一份回忆。面对同样一幅画，每个人的理解和感受都不会一样，这关系到他观画时的心情和瞬间的回忆。这就是相比具象的绘画的音乐独有的延展性和丰富性，它能够为你提供和你自己完全不同的另一种参照和想象，一种你自己完全没有想到的新天地。马蒂斯在为印制270本剪纸画《爵士》时说，这是用剪刀剪出来的画。那是属于画家的实验。如今，可以说这是属于克里斯多夫和阿伦的实验，是他们用借用马蒂斯的剪刀剪出来的音乐。

音乐会结束的时候，克里斯多夫站了起来，向观众表示感谢，同时，他转过头，举起手臂，向身后幕布上出现的马蒂斯像挥了挥，表示敬意。幕布上的马蒂斯不动声色，但我感觉得到两代艺术家那一刻的交融。无论什么样的艺术实验，都是艺术与人生的实践，艺术和人生就是在这样的实践中相得益彰地走远。

2014年5月28日于布鲁明顿

莲花音乐节和爵士音乐节

未来布鲁明顿之前，便知道这里有个莲花音乐节，每年九月初秋举办一次。"莲花"这个名字，很有点儿中国味儿。到了这里一看，满布鲁明顿没有见到一朵莲花，想艺术大概都是这样，越是没有什么，便越是想要什么，艺术总是能够帮人们完成很多未竟的和不切实际的梦想与幻想。

期待中的莲花音乐节开幕了，为期5天，中间跨一个周末。没有听说有什么开幕式，或领导的讲话，也没有听说有什么大牌的歌星和乐队出席助兴。就那么悄无声息地开始了，看到了节目单，知道很多节目，除了在音乐厅，不少是在各种大小酒吧、街心公园和校园，就像风来了，雨来了，四处的莲花和其他许多花朵，都相约好了，纷纷开了起来，一夜怒放花千树，并不需要什么扯旗放炮。

今年，是第二十届莲花音乐节。每一届的音乐节，都会请来世界一些国家和地区的乐队和歌手参加，据说，前几年，还请来我们中国的一个乐队，布鲁明顿努力想把它办成了一个国际的音乐节。这让我想起法国的阿维尼翁，也是一座小城，但是一座古罗马遗留下来的古城，每年举办一次国际戏剧节，请来世界一些戏剧家带着他们的剧目到那里演出，前年，还请了我国的孟京辉带着他的先锋话剧，参加那里的戏剧节。因为小城不大，演出的地点也是在剧场、酒吧、学校和露天广场和公园，蒲公英一般飘撒在古城的各个角落，便立刻落地开花。和布鲁明顿不一样的，是它有一座古老的剧场，剧场前有古罗马时代开阔的广场，成为了戏剧节的主会场。和阿维尼翁相比，布鲁明顿的历史还不够长，没有这样的古迹可以利用，它的规模也还不算大，但对艺术的爱好和追求，和阿维尼翁是一样的。阿维尼翁戏剧节从二战后1946年就开始举办，已经连续举办了近70年，等到布鲁明顿也将自己的音乐节能够韧性的再走半个世纪，一直坚持到那个年头，肯定会和阿维尼翁有一拼。

周日，我去看莲花音乐节，只是音乐节众多演出场所的一个，是在靠近城中心不远的一座街心公园，这里有一座带弧形顶棚的舞台，猜想会不会是专门为音乐节而盖的。舞台不小，公园不小，在闹市里有这样一片轩豁的绿地，不大容易。舞台前是一片开阔的草坪，没有一把椅子，观众席地而坐，便可以欣赏节目。负责舞台的音响师，也站在草坪上摆弄着自己机器上的按钮和键盘。舞台的旁边，是儿童乐园，带着孩子的大人，可以把孩子放在那里玩，不耽误自己看节目，孩子们的嬉闹欢笑声，和音乐声，此起彼伏，互不妨碍，各得其所。

草坪的前方扎起了几座帐篷，颜色各异，鲜艳得真如莲花开放一般。其中一座帐篷名为"音乐工厂"，里面的音乐家演出的节目，是和观众互动的。公园便一下子有了两个不同内容和样式的演出区。其余几个帐篷，全部是为孩子而设立的，一座帐篷里，摆着几块大型的画板，放着各种颜色的画笔，孩子们可以在上面尽情挥洒涂抹，当音乐节结束的时候，画板上呈现出连梵高都要叹为观止的最现代派的画。另几座帐篷里，有志愿者帮助孩子们制作各种手工小玩具和许愿卡。花花绿绿的许愿卡和纸风车，被孩子们挂在树枝上，随风飘逸，更像是各色花朵，大概就是孩子们心目中的莲花吧？

心里在想，与其说布鲁明顿是一座崇尚艺术的小城，不如说是一座更懂得或者说是更会自娱自乐的小城。莲花音乐节，让他们欣赏音乐，更让他们能够有一个找乐儿的机会和场所。在这里，音乐，不过为他们的这种生活伴奏而已。除了莲花音乐节，布鲁明顿一年四季不知道有多少这样的名目繁多属于艺术的节日，让他们单调的生活多些色彩，让僻静的地方多些热闹，让他们携妻将雏，扶老挽幼，走出户外，尽情撒欢。他们将艺术世俗化，或者说，艺术融入了他们世俗生活之中，而不只是高高地端坐在莲花盘陀上。

音乐会开始了，这边帐篷里是来自加纳的打击乐，观众和乐手们交错坐在表演区域里，击打着非洲鼓，站在前面的演员带动全体观众，随着鼓点的节奏翩翩起舞。那边舞台上，连续三个乐队次第登场的演出，最开始出场的是美国南部的民间音乐。接着的是来自加拿大魁北克的民间音乐，最后出场的是来自波兰的乡村音乐。压轴的他们最为精彩，一个共五个人，却都一专多能，变魔术一样，手中不停变换着不同的乐器。特别是其中一位，边弹奏着乐器，边歌唱起来，就像在谷场在田头在这里用旧谷仓改造的乡村舞会上，对着月亮和太阳，也对着扬起的尘土，载歌载舞。他的嗓音很甜美，又带有一点点忧伤，是我听惯的那种东欧的情调。那种来自民间的旋律，真的非常朴素又动听，是我们如今已经晚会化和比赛化的歌声中越来越缺少的乡土之声和天籁之音。

暮色降临的时候，音乐还在继续。莲花音乐节，彰显的就是这样民间音乐的主调。他们不玩高雅，他们专搞下里巴人。他们像老朋友聚在

街头的歌者

涓涓

2014.5.9. Bloomington.

一起自弹自唱，自娱自乐，让日子过得有了音乐的味道，而不只是柴米油盐和瞌睡打鼾或者电视里插科打诨的味道。他们像蚯蚓钻入泥土，不愿意如百灵鸟只唱在高高的枝头或精致的笼中。

莲花音乐节，让我想起去年夏天在这里碰到的首届爵士音乐节。在布鲁明顿，由于依托于印第安纳大学的音乐学院，各种名目繁多的音乐节特别的多。首届爵士音乐节，地点的选择，很有些特别，出乎我的意料。不在我们这里司空见惯的音乐厅体育馆酒吧或公园，而是在市中心第五街旁的一条不足百米长二三十米宽的一条小街上。

街两头用黄色带子一围，车辆禁止通行，一头搭起了白色的帐篷，安放了音响器材，算作舞台，一头成为了入口，免费，人们随便出入。中间摆放着折叠椅，路旁开来一辆装满啤酒和饮料的厢式货车，人们可以边喝着啤酒或饮料边欣赏爵士乐了。这种临时将街巷当成舞台的情景，便于附近社区人们欣赏文艺演出，在国内未曾见过。

音乐会在上午十一点开幕，到晚上十一点结束，中间不停歇，各个组合轮番上阵，演奏不同风格的爵士乐。我不大懂爵士乐，只听到时而欢快时而忧郁，架子鼓、吉他和贝斯敲打得格外激越，即兴的演奏特别的多。

最引起我兴趣的，此次爵士音乐节，是由此地印第安纳大学音乐学院教授爵士乐的教授组织并领衔出演。这颇有些与民同乐的意思。其实，爵士乐本来就属于底层人民，属于酒吧或广场，属于现场和即兴。如今音乐的日新月异，已经渐渐把爵士乐转化为所谓高雅，其表演的色彩多于原始的宣泄，而且，日渐明星的造作多于即兴。在音乐中，无论演奏，还是演唱，即兴的部分，并不只是随意而为，更能彰显一个乐手和歌手的修养，和日常的积累，以及对于音乐的感性的感

悟与认知，方可以水到渠成，有了即时性飞珠跳玉的发挥。应该说，印第安纳大学音乐学院教授的出场，也算是将越来越经院化和唱片化的爵士乐还原于人民。教授们并非是屈尊下驾，但他们如此自觉而乐此不疲，还是令人感动。

或许，布鲁明顿是依托印第安纳大学而兴建的一座城市，大学有责任和义务为社区人们服务。这里音乐学院的教授们，还有一桩要做的事情，便是走进教堂。教堂，是不少美国人常去的活动空间，是社区人们聚会的重要场所。可以说，教堂和街巷是人们活动对应的两极，由此连接着家，构成稳定的金三角。教授们能够做的，是组织他们的学生成乐队，定期到教堂演奏音乐。今年，他们的主题是莫扎特的康塔塔。音乐不再居庙堂之高，也可以处江湖之远；音乐的专业人士不再只是一种职业的身份，而是和社区融合在一起，成为他们之中普通的一员，受惠于社区，又反哺于社区，这才是艺术的本分与价值。

将音乐再定义，不只属于所谓高雅与票房，属于少数有钱有闲人，而属于社区普通的人民。如此，在布鲁明顿，音乐节才会如此名目繁多，令人目不暇接。

2014年9月9日写毕于布鲁明顿

音乐荡漾在城市的天空

来芝加哥，为了赶上它的音乐季。其实，只要是夏天来，一般的周三和周末，都能够听到它的音乐。今年称之为"芝加哥夏季之声"的音乐季，从6月12日到8月17日，为期两个多月。我听的这一场，演奏的是德沃夏克的《新大陆》，巧了，七年前来芝加哥，听的也是这支交响曲。

芝加哥的夏季音乐会，很有传统，自1935年开始，有着近80年的历史，一直都是在室外举办，人们免费欣赏。这在世界很多号称国际大都会的城市里，都是很少见的奇迹。捷克有"布拉格之春"，我国有"哈尔滨之夏"。遗憾的是我们北京，虽然新建得的国家大剧院有堂皇的音乐厅，也可以有钱请来世界顶级的交响乐团演奏美妙的音乐，但是，却没有这样免费供大众欣赏的室外音乐会的传统。在我的记忆里，只有"文化大革命"中，在天安门广场上，有过总政歌舞团大合唱《长征组歌》和殷承宗的钢琴《黄河》的演出，在政治的喧嚣中，让音乐膨胀而跑调走形。

今年芝加哥的音乐会，在格兰特公园旁边的千禧广场举行。七年前，来芝加哥时千禧广场便有了，名曰千禧，可以知道是2000年新世纪到来时建成。但是，这个室外的音乐厅是这两年新建而成的。以往的夏季音乐会都是在格兰特公园举行。格兰特公园很轩豁，很漂亮，它一边紧邻密歇根湖，一边紧靠市中心的交通要道密歇根大街，没有大门，没

29

芝加哥最高的西尔斯大厦 2014·5·2？

有围墙，和城市横竖相连，任人们免费出入。想想，真的要感谢百年前那场吞噬了整个芝加哥的大火之后重建这座城市的规划者，他们在紧靠城市中心的位置，建成了占地面积如此浩大的格兰特公园，而且，在公园最靠近DAWNTOWN的位置预留下那么大的空间，建成了千禧广场，又在建千禧广场的时候就已经有了这样一个开阔的室外音乐厅的蓝图。这在我们这里，几乎是不可想象的，在寸土寸金的市中心位置，我们更愿意锱铢必较地计算如果开发成为新的商业楼盘的建筑面积和使用面积的价值，而怎么会咬下后槽牙来，舍得拿它变为一个只有夏季才可以使用而且是免费的室外音乐厅呢？

芝加哥的这个室外音乐厅，占地面积很大，大约能够容得下几千人，想想得有我们北京中山公园的露天音乐厅的四个大。没有座位，下面是草坪，人们可以席地而坐。上面有像恐龙一般的钢铁骨架，让音响和灯光有安身之地。有些遗憾的是，舞台的位置很低，稍微坐在后面一点的，便看不见舞台。好在是听音乐，不是来看歌剧的，况且，大多数人醉翁之意不在酒，边听边玩边野餐喝啤酒，每年的夏季音乐会，便成为了大众当然的休闲活动。古典音乐，便不再像以往那样峨冠博带，正襟危坐。

演出晚上七点开始，我五点不到就来了，草坪上已经基本坐满了人，不少是全家倾巢而出，带着布单，带着折叠椅，带着婴儿车，带着吃的喝的，甚至连简易的车载冰箱都带来了。有了很好的免费音乐会，还要方便大众来参加，这一点是很重要的。如果这个室外音乐厅不是建在市中心，而是建在郊外很远的地方，一般大众来听一场音乐会，就显得有些勉为其难。我想，这也是芝加哥夏季音乐会之所以能够坚持这么长时间，而且拥有这么多观众的一个重要因素。同时我想，一座城市的文化品质和一种氛围，不仅是领导者和艺术家的创造，更是大众共同参

31

FUXING 2014.7.

与创造和时间积淀的结果。

见缝插针，我刚在拥挤的观众中间坐下，旁边的一位美国白人递给我一盒寿司，对我说他买的多了，吃不了，送给我吃。我谢过他，同时向他借来他手中的节目单，看到今年的夏季音乐会是由格兰特公园管弦乐团和合唱团演出，指挥是卡洛斯·卡马拉、C·贝尔等人，当然，无法和今年芝加哥交响乐团演出季的指挥穆蒂的名气相比。但一共32场的音乐会，包括了莫扎特、舒伯特、柴可夫斯基、西贝柳斯、肖斯塔科维奇、拉赫玛尼诺夫、布里顿等人在内的古典音乐，还有一些流行的波普音乐和儿童音乐，应该说，其丰富精彩，不比穆蒂领衔的芝加哥交响乐团差。

事实上，确实不差。演出在薄暮时分开始，在夜幕降临时结束。原来担心是在室外，人又这么喧闹，没有想到音响的效果那样的好，演奏的水平那样的好。第一乐章一开始，熟悉的旋律，伴随着伏尔塔瓦河波光粼粼流淌而来，真的是美妙至极。一边是水柔不胜桨的密歇根湖，一边是灯红酒绿的密歇根大街，德沃夏克的音乐荡漾在城市的上空，让这一切：古典和现代、自然与心灵、大众及艺术，艺术陶冶和生活娱乐，那么并行不悖地融合在一起。

忍不住想象着，如果我们北京中山公园的音乐厅，也能够在每年的夏天举办为期两个多月的免费音乐会，将会是一种什么样的情景？如同这里的露天音乐厅和芝加哥交响乐团的音乐大厅只有一街之隔，一步之遥，就在它的斜对面；我们中山公园的露天音乐厅和国家大剧院的音乐厅，也只隔着一道长安街。彼此的音乐可以相互映衬，让一座城市的艺术氛围更为浓厚，实在是一桩令人向往的美好事情。

2013年7月15日芝加哥归来

来自布鲁明顿的夏季之声

　　布鲁明顿每年一度的夏季音乐节，在全美很有些名气。布鲁明顿是位于美国中部的一个大学城。印第安纳大学就建在这里的市中心。音乐节便是大学所属的音乐学院所举办。印第安纳音乐学院在美国很有名，可以和茱莉亚音乐学院相媲美，有不少世界著名的音乐家在这里任教，暑假里，他们便组织起了音乐节，既可以娱乐大众，也可以让自己在舞台上一展身手，以解技痒。

　　今年的音乐节自6月14日起到7月底结束，共有47场演出，包括交响乐、歌剧、合唱、管风琴、钢琴、排箫、爵士乐和室内乐等众多口味的演出。国际竖琴比赛，也成为今年音乐节的内容之一。内容够丰富多彩。音乐会一部分不要票，要票每张也只需要12美元，学生减半。音乐节便成为了印第安纳大学和整个布鲁明顿真正的节日。

　　音乐学院有自己的音乐厅、歌剧院和几个室内乐厅，在漂亮的校园里，这几个建筑分外打眼。我赶上音乐节的开幕式，演出在能容纳上千人的音乐厅。音乐厅前是开阔的停车场，便于停车，后面是绿茵茵的草坪和有美人鱼塑像的喷水池。乐队是临时组成的假日乐队，由学院的师生和附近的辛辛那提、加利弗兰等交响乐团的乐手加盟组成。上半场开场是韦伯的《自由射手》序曲，然后是莫扎特G大调钢琴协奏曲；下半场由勃拉姆斯的海顿变奏曲和理查·施特劳斯的《恶作剧的梯尔》组

　　成；从古典主义伊始到浪漫主义晚期，一步横跨几百年音乐史，看得出开幕式的曲目是经过精心安排的。

　　更为精心的安排，是莫扎特钢琴协奏曲的演奏者M·普瑞斯勒，一上台便赢得如雷的掌声。我对他不熟悉，但看上去有80岁以上的高龄，如此隆重的礼遇，让我赶紧看节目单上介绍，方知他曾经和世界很多著名的交响乐团合作过，获得过首届德彪西钢琴比赛大奖和《留声机》杂志奖，还获得过德国、法国、加拿大等国家颁发的终身成就奖。他1955年曾经在印第安纳音乐学院任教，请他重返校园在今年的音乐节开幕式上亮相，有着浓重的象征意义：既是对他一辈子音乐之路的致敬，又是对自己学院悠久传统的张扬。个子不高的老先生演奏得确实炉火纯青，没有年轻一代钢琴家的手舞足蹈的亢奋，却是调中和之气，孕蕴藉之韵，更能体现乐曲中的古典精神，所谓大味必淡。一曲终了，全场观众鼓掌起立，向他表达敬意，以致他不得不拖着有些蹒跚的步履一再返场，而加演小曲。

平日的印第安纳大学交响乐团，没有开幕式组建的乐队那样豪华，是由自己的音乐学院的老师和学生组成。我看过他们两次的室外演出，一次是在布鲁明顿市政府大楼前的草坪上，一次是在印第安纳校园里，前者是在上午，后者是在黄昏，都是那样的悠扬，让我格外感受到与在音乐厅里听到的音乐完全不一样的感觉。当然，论音响效果，室内要好得多。但是，音乐真的不是仅仅属于音响，环境与乐手以及听众，一起完成音乐的再创作。

如果认同这一点，那么，室外的人们的窃窃私语，孩子们的嬉笑跑动，乃至喧嚣，嘈杂，便都是音乐的一部分。所以，拉赫玛尼诺夫才在古典音乐的鼎盛时期预言：噪音会成为音乐的组成部分。那么，室外的清风、鸟鸣，阳光、月光、花香，草香，特别是校园里的氛围，便更应该成为音乐的一部分。音乐，既然有室内乐，就应该有室外乐，两者才相辅相成。相映成趣。

真的，在北京听过无数次音乐会，却没有听过一次室外音乐会。只是在哈尔滨听过一次室外音乐会，那是在哈尔滨之夏音乐会上，感觉就是不一样。在那里，站在习习清风中，站在星光月下，站在嘈杂的人群中，却让我感到音乐的美好，音乐属于普通人，包括我自己。

所以，挪威伟大的音乐家才会如此钟情每年一度奥斯陆室外白夜音乐会，并亲自出席音乐会，指挥自己的音乐作品。六月的奥斯陆，美丽的白夜时节，布许斯湾的海港的"落日炮"响过，人们都聚集到海滨公园的露天剧场，一年一度的白夜音乐会，就是在这里开始。明如白昼的夜晚，天空呈现出明亮而神秘的光，露天剧场周围的菩提树间点缀着的彩灯，宛若降落在人间的星星。那样的室外音乐会，真的让人向往，向往的与其说是音乐，其实更是美好的一种憧憬。这种憧憬，是音乐独有能够给予我们的。

我这样推崇室外音乐会，并不是在它与室内音乐会之间厚此薄彼。而只是感觉这样的传统，在我们这里日渐消失。

前几天，我听了另外一场演出，便是名为"鲁本斯四重奏组"演奏的一场室内乐，是一场很不错的音乐会。

演出在小音乐厅，据说刚刚新修建不久，能容纳400多名观众。这是一支来自荷兰的四重奏组，四个人来自荷兰、以色列和美国三个国家。英雄莫问出处，别看只是世界上一个僻远小镇的小小音乐节，个个身手不凡。此四重奏组为首的小提琴手，是位1981年出生的美国姑娘，茱莉亚音乐学院研究生毕业，欧洲留学，如今在荷兰任教，也是曾经屡获国际大奖。她的本科是在印第安纳音乐学院毕业，此次长途跋涉重返母校友情出演，感情色彩融入音乐之中，忍不住还是屡屡站起来说话，情不自禁于琴声之外。

相比较开幕式曲目和室外音乐会的古典，这场四重奏偏于现代。斯特拉文斯基的三支小曲暖场，巴托克的弦乐四重奏托底，中间是今年刚刚过世的97岁高龄的法国作曲家亨利·杜蒂耶的作品，都是我很少能在音乐厅里听到的。也由于四位演奏者的年轻，两位美女，两位英俊的小伙，这场音乐会显得更充满朝气。相比较交响乐，四重奏更需要配合的

精准，气息节奏的匀称，不允许有丝毫的跑冒滴漏。除了刚开场时显得略为紧张，四位乐手不停地用眼角余光瞄对方，越是往后越配合默契，以致琴弓饱满，弦音如诉，<u>丝丝入扣</u>，激情遄飞。那是属于音乐的另一种美好。

走出音乐厅，漫步在鲜花盛开的校园，感觉真好。这好，不仅来自室内，也来自室外；不仅来自音乐，也来自校园。音乐和校园相互融合，室内与室外的交错，和在别处听到的音乐的感觉和滋味，不尽相同。

2013年7月16日于布鲁明顿

一日三节

夏日的一个周末，布鲁明顿花开三枝一样，一下子竟然有三个节日的活动。想想一个区区只有六万人口的小镇，一天竟然有三个节日的活动，实在够热闹的了。

好在小镇不大，要不一天之内想跑遍这三个节，还真有点儿不容易。如果换在北京，不要说出城外太远的郊区，都在城里，二环附近，一个在龙潭湖，一个在什刹海，一个在白云观，就够跑的，别说其他，光堵车就够受的。

昆虫节，在印第安纳大学的校园里举办，来的大多是家长带着孩子。从小的几乎看不见的树皮虫，到大的红背毒蜘蛛，各式各样的昆虫标本和活的昆虫，自然是孩子们最感兴趣的。老师们现场的讲解和演示，让法布尔的《昆虫记》的文字版，变成了五彩缤纷且嗡嗡作响的昆虫世界。活动的一角，请来一位年轻的歌手，手里一把小吉他，口中一支竖笛，童趣盎然，手舞足蹈，在唱着关于昆虫的歌，那支竖笛间或响起，模拟出各种虫子的叫声，惹得孩子们欢声雀跃，大叫不止。

上午参加完昆虫节，完全赶得上下午的美食节和艺术节。美食节在镇中心举办，艺术节在政府大厅前的广场上拉开帷幕。不凑巧的是，上午还是响晴薄日，下午忽然阴云密布，来了一场突如其来的大雨。有人说，一个这么小的地方，一天居然三个节日，这是惹得天公也在嫉妒呢。

　　一直到黄昏，雨小了，却依然没有停的意思。我凑热闹，赶往镇中心，政府大厅前露天音乐会刚刚结束，美妙的旋律还荡漾在细雨飘洒的空中。临时观众席的折叠椅淋在雨中，淅淅沥沥滴下清澈的雨珠，含泪带啼般，好像听完动人伤怀的音乐后依旧感怀不已。

　　美食节每人七美元一张入场券，依然门庭若市。美食节占据的镇中心的空地，上午就是每周六的集市，类似我们中国的农贸市场，下午改换门庭，布鲁明顿四周的饭馆都将灶火和大师傅云集在此，很像我们这里的庙会，彩色的帐篷如雨后的五彩蘑，菜香和饭香，打擂台似的，争先恐后从各种的帐篷下四溢。

夜色降临了，大街上，能够看见附近饭馆里的伙计，端着裹着锡纸的托盘，挡不住里面菜肴腾腾的热气萦绕，顶着细雨，一脸汗珠和雨珠交集，脚步匆匆地为美食节去添菜，说明里面供不应求。还能看见有一家人又一家人，携老牵小地往美食节赶，他们顾不上打伞，手里拿着帆布包好的折叠椅，美食节晚上有音乐演出，他们可以坐在那里，边听歌边品尝美味，啜饮美酒。美食节要到夜里十一点结束，风雨无阻。

我在想，小镇一天三节，虽是政府出面操办，却是小镇人民自娱自乐。我不知道，这是说明小镇生活的丰富，还是平日里实在单调，有点儿活动，便像踩在弹簧上雀跃不已。再想，小镇的人民，大多不要说没有去过纽约，就是连近在身旁的芝加哥都没有去过。和我们国家许多富裕起来的小镇人民大不一样，不要说逛北京了，得要出国绕世界玩呢，旅游在我们这里才那样的兴旺发达，乃至假日黄金周时人满为患，呼啦啦人山人海拥挤一片，才有了假日经济一说。

又想，他们确实没有我们的见多识广，他们确实容易自足自乐。但是，哪一种生活更幸福呢？我还真的说不好了。都说幸福是一种感觉，这是属于两种不同的感觉的。一种是渴望走出自己的小天地，在渴望中激发着各种永不满足的欲望；一种是满足于自己的小天地，在自己的小天地里自娱自乐，没有那么多的奢望，便也没有那么多飞蛾扑火般的欲望。不满足是前行的动力，满足常被称作为保守，但在布鲁明顿，满足却像饱满的谷穗沉甸甸地垂下头来，在熏风暖雨中摇曳，做着自己花半开为美、酒微醺即醉的丰收美梦。

　　在这样两种不同的生活态度和理想面前，节日显现出不同的色彩和显影来，一种是泼洒金钱赢得的快感，一种是真正彻底的休闲，即便未能够出门悠然见南山，却是采菊自家的东篱下。

2013年7月23日于布鲁明顿

手制书

那天，在印第安纳大学美术馆里看到一则广告，有手制书展览于下周在大学的美术系举办。手制书，无疑指的是手工制作的书，会是一种什么样子的书？书的内容又会什么样子？与一般印刷体的书有什么不一样的特别之处吗？

如约而去参观，展览在美术系的阅览室，阅览室不大，四周是书架，陈列着来自世界的最新一期美术杂志，其中也有我们中国的美术杂志。中间的几张阅览桌上，陈列着手制书，没有一般展览常见的玻璃罩的阻隔，那些书可以随便翻阅。想也应该是这样才对，手制书嘛，既然是手制的，就也可以用手去翻看，去亲近才对。在这里，手和书是并列的主角。没有手，哪来的这样特制的书？

如今的世界上，书的品种越来越多。农业时代诞生并延续至今的纸质书籍，只是其中一种了。当然，还会是最重要的一种。不过，电子书，这个后起之秀，现在越来越流行。电子书，分为可以视和可听的两种，可听的，越发受到司机一族的欢迎，因为可以一边开车一边听，方便书的阅读——应该叫听读。去年获得诺贝尔文学奖的加拿大女作家门罗的小说，在美国，这类的电子书比纸质书卖得或借的还要好。

除此之外，便是这种手制书，更是后起之秀的后起之秀，越来越流行起来。

手制书在印第书纳大学艺术系展览 FUXING 2015.1.

手制书和电子书，呈两极态势发展。电子书，借助的是高科技，是向前发展的产物；手制书，则走的是倒退复古的路，向着农业时代最初纸制书的前身大踏步地倒退，从设计到绘画剪贴书写，从选材料到裁页装订，退回到完全手工制作的个体作业模式，甚至连书上面的图画和文字，也是手工完成的。一新一旧，完成着人们对于书的前世与今生的想象。

展览中的手制书，生动形象地说明了这一点。如果说书不仅仅作为知识的一种载体，而也可以是一种艺术的展现的话，世界上所有的艺术，都是既可以朝着激进的方向发展，也可以退回到保守主义方面发展的。那么，手制书更可以实现这样一种艺术个性张扬与多样性纷呈的追求和愿望。在正式出版的传统纸制书中，一种书，是千篇一律的内容和包装，个性被淹没在共性当中。即使有专业藏书家，他藏的孤本是很少见的，大多数的书，他有，你也可以拥有。在手制书中，却可以一本书是一种样子，就像大自然一样，每一片树的叶子，每一朵花的颜色，都不尽相同。如果你藏的是手制书，那么，完全可能你拥有的，是世界的唯一，独此一家，别无分店。

或许，独一性，就是手制书的魅力所在。在这本规模不大的展览中，所陈列的手制书不过几十种，却没有一种是重样的。内容不一样，开本不一样，封面不一样，插图不一样，用的材料不一样，连里面的文字，尽管都是英文，书写的方式却也不一样。真的像是走进一座天然的五花草地，尽管花不多，也不齐整有序，却不是那种我们司空见惯的人工修剪出来的花圃，所种的花不是品种统一，就是被剪裁得笔管条直的样子统一。这里展现的却是千姿百态，各尽风情。

在这里，有用缎子做的，有用布面做的，即使是用纸做的，纸张的选择也大相径庭，品质和颜色不尽相同。从材质看来，很像是服装秀。

不同面料，彰显不同个性，不同的向往和憧憬，雍容华贵的缎子，质朴淳厚的布料，粗犷似沙的硬卡纸，洁白如玉的道林纸，朦胧绰约的硫酸纸……当然，还要和你所要表达的内容相匹配才是。

书的内容，更是五花八门，有一本全部是各种蝴蝶的标本，有一本全部是各种树的照片，有一本书则都是猪的各种形象，全部都是黑白木刻，形态可掬，非常可爱，让你忍不住想起美国作家怀特的童话《夏洛的网》里那头叫作韦伯的好猪。在印第安纳，森林很多，蝴蝶、树木和鸟儿，成为大家的喜爱。而猪在这里是吉祥的象征。每本书画面旁的文字，不管是印刷体，还是手写体，或是艺术体，手工的痕迹很明显，没有一般正规出版的纸制书那么精致整齐，却一样文图并茂，相得益彰。而且，更充满天然的情趣。

有一本书的内容，非常别致，很小的开本，没有其他任何文字，全部都是从手机相互往来的短信里下载，打印在纸上，再贴在书中。来不及仔细读，猜想是恋人之间的通信，或是和家人的通信。看那每一页故意贴得歪歪扭扭不尽一样，而且是故意将原来的文字拆解分行贴上去的，一下子将最为平常的短信，化腐朽为神奇，形成了诗歌的形式，跳跃着心情，响起了回声，真的是奇妙无比。即使一句也看不懂，也会感到很温馨，充满想象力。除了独一性，这种亲近的私密性，恐怕也是它存在的另一种魅力所在。

如今，在美国，这种手制书很流行，成为了一种工艺品。这种手制书，老少咸宜，尽人可为，有艺术家的作品，也有普通人的作品；可以制作得很复杂，也可以制作得很简单；可以自己把玩珍藏，也可以作为礼物送给亲朋好友甚至自己的恋人。当然，也可以如这里的手制书一样展览交流，甚至出售。

　　这里的手制书，全部是印第安纳地区艺术家的作品，既展览，也出售，出售的价格不同，最贵的几百美元，最便宜的只要十几美元。不管你是买还是不买，几位参展的艺术家，站在一旁，更愿意和你交流。如果你是只看不说，他们则凑在一起，兴致盎然地自己和自己交流。手制书的乐趣，并不完全在书成之后，更在于制书的过程。那种完全靠自己手指的运动工作，是农业时代亲近大自然才有的感觉，或者，和钢琴家或小提琴家演奏手中的钢琴和小提琴时，手指触摸琴键和琴弦上的感觉相似。那时候，才会体会得到手制书真的是一种艺术。

2014年7月22日于布鲁明顿

布鲁明顿艺术节

　　去年和今年的夏天，布鲁明顿艺术节，都让我赶上了。布鲁明顿艺术节，是他们的传统。别看城市不大，却坚持每年搞一次艺术节。没有什么大腕出场，也没有什么豪华场地和领导出席剪彩的虚张声势的开幕式，只是在各个街头插一些彩色小旗子，上面写着艺术节开幕的时间和地点。再有，便是在进入布鲁明顿的路旁，竖立有比较大的艺术节的广告牌。在我看来，艺术节其实就是全城联欢，百姓的自娱自乐。

　　去年的艺术节，在布鲁明顿的第四街举办。这本是城中心的交通要道，和首届爵士音乐节一样，也是在街道两头横腰一拦，禁止车辆通行，一夜之间花千树一样，第四街两旁盛开起了彩色的凉棚，各种艺术品的展位和摊位，便有模有样，绽开笑脸，八面来风，迎接四方来客了。如此艺术节，场地不用花一文钱，凉棚都是现成的，每年可循环使用，也没有什么管理人员，只是出现几个卖冷饮的小贩，还有一辆装满可口可乐和啤酒的大罐车，再有就是附近的几条街道餐馆林立，晚上可以到那里喝酒唱歌，就着布鲁明顿灿烂的星光月色，享受艺术节之夜。就地取材，连锁效应，踩着尾巴头就动一样，艺术节带动全城活跃起来，就像点亮街树上串联在一起的节日花灯，一盏亮起，相跟着全都亮了起来，火树银花不夜天。

布鲁明顿艺术大集在市政府前广场开幕 FUXING 2014.6.23

　　艺术节开幕的那天，是布鲁明顿入夏以来最热的一天。我是黄昏时候去的，心想会凉快点儿，谁想到了那儿，夕阳的热烈劲儿一点儿不减，刚走几步，浑身便已经被汗湿透。但是，人可是不少，兴致和太阳一样火爆。展览什么的都有，卖什么都有，什么东西都敢拿出来招呼。在这一点上，美国人显得比我们中国人要简单得多了，他们不会因为自己的东西简单而脸红，相反愿意拿出来和大家分享。他们也不在乎你只是光看不买，而是很愿意你流连在他们的展位前，更愿意和你交流。让我们忍不住想，快乐的途径和方式有多种，简单，是快乐最原始却也是最本真的地方，它既是出发地，也是归属地。艺术，也应是如此，简单，其实就是艺术的返璞归真。

所有的艺术家都是来自布鲁明顿和附近的几个郡，自己的作品奉献给自己的人民，也是一种艺术来自人民又回馈给人民的一种方式。政府出面举办了这个艺术节，让这些艺术家有了一个聚会的机会和场地，也让这里的人民有了一个检阅自己本土艺术家的作品的一个机会和场地。这种双向的流动，让艺术不再只是束之高阁，仅仅成为美术馆中或拍卖行里的东西，而可以成为一般民众可以亲近也可以参与的东西。这些作品中，给我印象最深的，是自己制作的艺术品。用毛线，用木头，用石头，用葫芦，用玻璃，甚至用废弃的各种工业材料，都可以制作出新颖别致的艺术品。这里有他们的想象力，更有他们对生活的创造力。很难想象，对于自己周围的生活没有什么兴趣几近麻木的人，会有这样丰富的情趣，这样琳琅满目的作品。

当然，卖画的更多，其中，也有华人画家在卖画。油画，版画，水粉、水彩、钢笔，品种繁多，风格各异，总体水平不是特别的高，但是，价钱都不算离谱，人们本来也不是当作名家名画来买的，企图收藏之后涨价之后待价而沽，而是为了挂在家中，增添一些艺术的气氛，生活的情趣而已。就像从市场上买回一盆好看的花，摆在家中，让花香满室一样。艺术，脱离了价格之后，才会真正富有了价值。而这价值更多体现在一般百姓的日常生活之中，就像鲜花必须生存在泥土之中一样。心想，这或许就是艺术节举办的宗旨之一吧。

今年的艺术节，是在布鲁明顿的市政府大楼前的广场举办。天气依然很热，但比去年要好了许多。一清早，我就去了那里。一看，不仅是小广场，围绕在市政府大楼四周，见缝插针，都是摊位和展位，依然挤得满满的，挤不下的，只好移师到市政府下面的街道上。应该说，比上次还要热闹。比上次还多了两项节目，一是在市政府大楼前的绿树荫下，多了一个摊位，长桌上摆满了各种画笔和颜色，可以让小孩子们在那里随便涂鸦，旁边还站有一位女艺术家，手持画笔和颜料，可以为孩子勾脸。小孩子们排着队，等待勾脸，她可以瞬间在孩子们的脸上勾出小老虎小狗小花猫等好玩的图案。这里便成了暂时的孩子聚集地，家长们可以放心地逛艺术节了。另一便是印第安纳大学音乐学院的交响乐队，正在小广场上的草坪上演奏音乐。悠扬的乐曲，荡漾在火辣辣的夏天，无法化解炎热，却无形中增添一些艺术节艺术的气氛。否则，也实在是像是一个艺术品的展销会了。

很多艺术家都是去年艺术节见过的老面孔，增添的新人和他们新作品，无疑最让我驻足。其中一位画家的作品格外新奇，凉棚下面，一分为二，一半是以精致细腻的笔触画的都是鸟，都是印第安纳州飞翔的鸟；一半是以照片和绘画的混搭，拼贴和剪辑的乱弹。我所说的新奇，主要指的这一部分。

比如，一幅作品，一组黑白照片，分别是一个男孩子的童年、青年的留影，然后他的身边多了一个女人，再然后他的身边多了一个孩子，再再然后，他变老了……每一张照片都被一条线连接着，牵引到作品的上端，线头连接着的是另一组照片，都是风景照片，清晰地看出一个人由小变老的生命轨迹，那些风景照片便是他不同时期所生活的地方。整幅作品的底版，是一幅风景画，成为了人生的背景，也是人生的一种象征。

还有一幅作品，也非常有趣，是把一幅《最后的晚餐》印刷品的

旧画，掐头去尾留中间，只留下最后的晚餐的餐桌以上的部分，桌下的部分被偷梁换柱，原来的人腿换成了各式女人的大腿，然后，剪下的"男厕所"的牌子，最令人费解的是，贴在最后晚餐中这些各怀鬼胎人头的上面。为什么要把原来一批教徒的腿换成女人的大腿？为什么要把"男厕所"的牌子放在这些教徒的头顶？在晚餐和厕所之间，有着什么样的关联？莫非这幅作品的名字应该叫作《男厕所》吗？

如此肆意的错位、更改、乃至后现代的解构，这位艺术家的作品，已经不完全是传统绘画的定义所能概括得了的，但真的很特别，剪贴、变形加荒诞，让画面及其含义延伸。我弯腰看了半天，这位艺术家见我对他的作品感兴趣，便走了过来，和我聊了起来。我说你的画很新鲜，有意思。一上午没有卖出一幅画，但听到我的表扬，他很开心。

他戴着一顶秀气的窄檐草帽，瘦瘦的身材，大约有五十来岁的样子，他告诉我，这些作品出自他的手，旁边的那些鸟，是他的夫人画的，他来自特雷霍特（TerreHaute）。我高兴地对他说，上个星期天，我刚刚去过你们那里！那里是印第安纳州最西边的一座城市，写过《嘉莉妹妹》《珍妮姑娘》的作家德莱赛的故乡，美国NBA明星大鸟博德读大学时打篮球的地方，现在，他的青铜雕像，正立在大学校园的前面。印第安纳最古老的剧院，也在那里。那里是一个艺术之乡。

因为我的英语水平有限，我们只能用简单的英语交流起来，即使一时语言不通，只是指着画面，比画着，也能大致明白彼此所要表达的意思。在这个世界上，我一直认为，有两种东西可以不用语言的翻译，彼此即可明白，一是体育，另外便是艺术。它们是世界通用的语言。布鲁明顿艺术节，再一次证明这种通用语言的作用和魅力。

分手之际，我请问他的名字。

他告诉我并且递给我一张他的名片，他的名字叫廷利（Tingley）。

我笑着说：你应该叫达利（S.Dail西班牙超现实主义画家）。

他听后，也笑了。

2014年6月26日于布鲁明顿

折翼之艺

"折翼之艺"，是印第安纳大学美术馆今年举办的一个展览的名字。这个名字，是我的翻译，不见得准确，只是为了便于自己好记。它的英文是"Art

Interrupted"，直译应该是"被打断的艺术"。

这是一个非常有意思的展览。这个展览的美术作品，最早在美国纽约大都会美术馆展览，是在67年前的1946年。只不过，那次展览短命，仅仅两天，就被撤展。一个67年前展览的作品，67年之后，还有什么样的意义？它们会像梵高或雷诺阿的作品，一样具有经典的价值吗？

印第安纳大学美术馆前红色的雕塑非常醒目，路标一样，因此很好找。老远就看见展览的广告牌，在"ArtInterrupted"下面有一行小字，原来这个展览和政治有关。二战之后，资本主义和共产主义之争，各张其帜，1946年，美国方面召集了美国现代派画家共117幅画作，完全以现代派的手法绘画美国当时的生活，准备到东欧和拉美的共产主义国家展览，旨在宣传资本主义的自由民主，让人们看看美国画家想画什么就画什么，想怎么画就怎么画。为筹集出国展览的费用，筹办者宣传他们这一颇具意识形态的主旨。当时美国政府一个文化部门一个叫戴维森的人代表其机构，花了5万美金买下了其中79幅画。拿着这5万美金，兵分两路，其中49幅油画到古巴和海地，余下的30幅到了捷克的布拉格，本

还想到匈牙利和波兰乃至中国进行巡回展出，无奈钱紧而未能成行。

展览返回美国，在纽约大都会展览，受到美国政府严厉地批评，认为这些画作的画家全是移民，画的都是美国战后经济大萧条时期灰暗的生活和迷茫的精神状态，这样的画作不正是共产主义国家需要的吗？这不等于替共产主义国家进行宣传了吗？当时美国总统杜鲁门说："如果这也叫艺术，我就是白痴。"国会批评："拿纳税人的钱花在这些烂画上面根本不值得。"于是，国会不再为展览投资。展览两天之后被迫停止，戴维森被解职。这就是事过67年之后重新展览这些作品，被称之为"折翼之艺"的原因。浓重的意识形态，厚重的历史变迁，让艺术解构并重构。

当时，美国政府为了挽救那5万美金的损失，在纽约惠特尼展览中心展卖这些作品，特别向全国美术馆和教育机构优惠。26个州和夏威

夷、哥伦比亚自治区的相关人员参加了拍卖。其中俄亥俄马大学、佐治亚大学和奥本大学买下了80%的作品。今天，这三所大学联手，将自己珍藏了67年的作品拿出，并又征集了当年的一些作品，除了10幅作品未能找到，当年117幅作品中的107幅作品，都在展览之中了。

这实在是一个有意思的展览，也是难得一见的展览。所谓"折翼之艺"，颇有些"重放的鲜花"的意思。时过境迁之后，我们会发现当年那些国会里的大人物，包括总统大人的可笑。艺术之树，总是能够超越意识形态而长青。那些掌管着纳税人钱财和国家方向的大人物们，早已经灰飞烟灭，但这些画作却依然保持完好，鲜活如昨，呈现在我们的面前。"折翼之艺"，重展双翼，依旧龙飞凤舞，和历史像开了一个玩笑，让这些本属于空间的艺术，成为了时间的艺术；让这些本属于描绘的艺术，成为了叙事的艺术。

展览大厅的正面大墙上方，左右分别醒目地书写着当年批评者和支持者的言论。下面的一旁写着杜鲁门那句对展览批评的名言。像舞台后面悬置的背景，历史的风云依稀再现，却已经有些滑稽而显得不那么真实。107幅画作，大部分是油画，画的确实都是经济大萧条时期的美国。失业的沮丧、无家可归、物质匮乏、市面冷清、夜的空旷、楼的倾斜、精神的迷茫……无论抽象或变形或色彩的夸张，都彰显着当时的现实。那些画家敏感触摸到了现实的神经，他们遵循的是艺术的规律和艺术家的良知，而非当时展览主办者意识形态的指挥棒；他们的眼睛不是只盯着展览的名气或拍卖的价格，而是没有回避现实的残酷、冷漠和血色。在看展览的时候，我在想，如果当时这些画家不是遵循自己这样艺术的本色，而是为了我们常见的展览预制的主题，稍稍为权势或资本而屈膝唱一个大喏，还会有今天的这个展览吗？

这些当年初出茅庐的画家，有的后来成为美国现代派的大师。其中我知道的有霍珀，还有黑人画家雅克布·劳伦斯等。如今，他们一幅画的价格，早已经是当年5万美金的数十倍了。艺术的价值，金钱只是它的一个曲线流溢的影子而已。投资买下他们80%作品的那三所大学，真的是有眼光。他们看到了生活的历史，也看到了艺术的历史，他们便捕捉到了生活和艺术难得的瞬间，并让这一瞬间成为了永恒。设想，无论在美国还是在中国，历史上多少这样有价值的展览，如果重新钩沉展出，比如我们"文革"中的黑画展、"文革"后的星星画展，该会多么有创意并有意义。

特别是当我看到路易斯·古格利米的《地铁出口》和安东·列夫列季叶尔的《大会结束》，更明显感到这一点。前者，剪纸拼贴风格，那位带着孩子走出地铁口的年轻母亲，她和孩子的目光都是那样的惊慌不安，且目光的焦点散落在不同的两处。后者，夸张变形，灰暗的天空，鲜红的大桥，两个背着一面大会后撤下的美国国旗的年轻男人的背影，显得那样的步履艰难。两代人找不到出口的迷蒙，美国国旗驮在肩上的沉重，这是那个时代的隐喻。艺术就是这样和时代和生活和心灵握手，即便一时被人为折翼，却依旧可以重新飞翔，翅膀驮起明朗的天空。

2013年9月底于布鲁明顿

第二辑

印第安纳赶集

乡间旧谷仓

行驶在美国乡间，望着路两旁的田野，开阔无边，正是玉米拔节劲长的季节，绿叶随风起伏，浪一样一直摇曳到天边，感觉很像北大荒。在这样的田野中间，常常可以看到一座旧谷仓，突兀地立着，像一个巨大的稻草人，显得有些孤独，垂下昔日的影子，沉吟着怀旧的诗句。这是北大荒没有的景致。

大多数谷仓木结构，呈尖顶六边形，仓顶有的涂成黄色，有的涂成白色或灰色，但四壁一般都涂成红色，便和绿色的田野对比得色彩格外明亮。想象着如果到了冬天，白雪皑皑中，红白相映，更会惹人眼目。即使有的谷仓颜色有些斑驳脱落，依然显得那样艳丽。

这些谷仓至少有几十年甚至半个多世纪乃至百年的历史了。这么长的时间过去，它们早被废弃不用，成为空壳了，有的身上爬满了杂草和藤蔓，有的仓顶筑起了鸟巢，为什么没有拆除，依然让它们顽固地站在那里？

如果是在田野里，倒也多少可以理解，它们毕竟曾经和田野联姻，是乡间的一分子，就让它们像一棵棵老树一样，立在那里，和人们相看两不厌。但在日益城镇化的进程中，不少田野早就变为了城镇，乡间只成为了回忆中的印象，为什么很多地方依然矗立着这样的旧谷仓，和四围的楼房别墅那样的不相称，显得那样的另类？当然，这只是我的看法，美国人见怪不怪，早已经习以为常，甚至认为它们和别墅楼房和平共处，成为了城镇的一道独特的风景。我不大明白，为什么他们如此情有独钟，不愿意和它们分离。在我浅陋的意识里，再如何怀旧，再如何情有独钟，在城镇寸土寸金的地盘中，我们是不会让它们占据着那么大的地方，早就拆掉然后平地起高楼，让它们成为可以销售的建筑面积。

这次来美国，住印第安纳州，这是美国中部的农业州，见到的谷仓就更显其多。不过，在乡间看到，一般不过见怪。在布鲁明顿市，在我居住的社区，一天黄昏散步，走到社区边上，老远就看到这样一座硕大的旧谷仓，砖红色的四壁，在夕阳下仿佛火一样燃烧着，存活着往昔旺盛的生命，多少还是有些奇怪。

走近看，才发现，谷仓立在一道小溪边，它的前面是一片开阔的草坪，除了一部分辟为儿童乐园，安装了滑梯、秋千和凉棚之外，大部分依然是绿茵如毯的草坪。可以想象当年这里是一片草木扶疏的田野，1985年建这个社区的时候，不仅保留住这座谷仓，还保留了谷仓前这片田野。如果在我们这里，开发商会毫不留情地开来推土机，木制的谷仓根本经不起铁家伙的摧枯拉朽。然后，推土机会不可一世地占领这片都市里的最后一片田野，让它们不再生长庄稼而只能生长楼盘。

或许，这就是城镇化的建设伦理不尽相同了。我们信奉的是不破不立，拆旧立新，我们一直认为新楼房比旧房子要好，要更有价值。当然，这个价值已经删繁就简纯粹沦为了经济价值，便很轻而易举就忽略掉了旧房子由历史积淀而成的文化价值。我想起了加拿大学者雅各布斯曾经说过的话："必须保留一些各个年代混合的旧建筑……城市里的新建筑的价值可以由别的东西——如花费更多的资金来代替的。但是，旧建筑是不能随意取代的，这种价值是由时间形成的。这种多样性对也一个充满活力的城市，只能继承，并在日后的岁月里持续下去。"在这里，雅各布斯指的是城市里的老建筑，如我们北京破旧四合院的老房子。我觉得，说这些旧谷仓一样合适。

美国乡间的旧谷仓，和我们四合院的旧房子，还不尽相同。它们纯属于乡村记忆，完全是农业时代的产物，已经没有了实用功能，只具有象征意义。不过，这样的想法，很快在我去了费城附近一个叫作新希望（NewHope）的小镇后被打破。这是一个美国近几十年由一批自由画家聚集而逐渐发展起来的小镇，极具艺术气息。一条河穿城而过，河畔矗立着一座高大的旧谷仓，几乎成为了小镇标志性的建筑。这座谷仓，如今成为了剧场，我去的那天晚上正演出莫扎特的歌剧。谷仓的外表依然保留着旧貌，里面却更换一新，当年盛满谷物的地方，变成了舞台和一排排座椅，售票的窗口是乡村房间的模样，古色古香，又洋溢乡土气息。聪明的美国人，并没有让旧谷仓千篇一律呆立在那里游手好闲，适时适地的和小镇的艺术氛围交融一起，让历史和现代交织，让象征和实用相汇。

在另一次去布朗郡州立森林公园的山路上，发现一片五花草地上矗立着一座旧谷仓，顶天立地，比我所见过的谷仓都要大，呈长方形，长足有几十米，宽也有十多米，这样的谷仓，不知以前是盛放什么农作物的。现在，谷仓的前墙上醒目地刷有一行硕大的字母组成的英文单词：乡间舞场。它的存在再一次证明，谷仓的古为今用。它和新希望小镇由谷仓改作的剧场，遥相呼应着谷仓的生命力，是如何从遥远的过去延续到了今天。

　　前两天去芝加哥，参观美术馆，在美国百年画作的展厅里，一眼看见一幅乡间旧谷仓的油画。倒不是它的画幅有多大，而是谷仓独鲜艳的红色，那样醒目，蹿出了火焰一般，立刻燃烧在我的眼睛中。我走过去看，原来是美国著名画家查尔斯·希勒（CharlesSheeler）的作品。这是希勒1940年的作品，名字叫作《巴克斯郡谷仓》。巴克斯郡就在费城附近，新希望小镇便属于该郡。看那时的谷仓四周还是一片真正的田野，谷仓前围有围栏，栅栏里有老牛。只半个多世纪，却已是沧海桑田，谷仓成为了田野的记忆和都市里的风景。不过，希勒的画让我有些明白了，为什么美国人对乡间的旧谷仓情有独钟。

在美国的画家里，希勒并不是第一个也不是最后一个将谷仓入画的人。他们将谷仓成为了一种艺术品，是因为他们表现出了美国人对谷仓的感情。任何一个民族，都有属于并寄托自己民族情感的乡间物品，就像荷兰的风车，就像我们水边的石磨和屋檐下垂挂的蒜瓣或红辣椒。

2013年7月10日于布鲁明顿

集市上的"阿美什"

在布鲁明顿城中心，每周六上午有个集市，附近一些农场的人会到这里卖自己种的蔬菜、水果和各种鲜花。在美国，这样集市上卖的东西，因是刚从自家地头上采摘的，价钱比超市的要贵。这里却便宜不少。大概布鲁明顿比较偏僻的缘故吧，离芝加哥有四个小时的车程。它是美国中部依托印第安纳大学建起了一座大学城，一共只有六万人口，光学生就有三万，人口又少，供需关系所致吧。

一般每个周六的早晨，我都要去集市转转。买些新鲜的蔬菜和水果，同时也是为了画些速写。我喜欢观察那些卖菜卖花的人，在那里，没有农民和农民工的概念。他们和买菜买花的城里人没有什么分别，一样衣着鲜艳，一样谈笑风生。或是转身从车上搬菜，或是弯腰从钱箱里找赎，或是耳边喁喁细语……我喜欢捕捉转瞬即逝时的那种状态，充满生动的表情和丰富的质感，而且情不自禁地泄露出彼此的人物关系，让人洞悉微妙而情趣盎然的心理谱线，觉得那才是真正的生活，而不是被粉饰或矫正的生活，不是小说或电视剧里夸张虚构的人物。

卖花的，有兄弟，有夫妻。兄弟卖花，一般都会开着厢式的大汽车来，车厢后盖打开，车上车下，有很多大型的花卉和绿植，枝叶扶疏，遮住大片的阳光。夫妻卖花，特别是老年夫妇，一般只是一些瓶插，多

布莱格修械本土画派

Mark Riggins

为黄色或橘红色的太阳花。在所有卖花的人中，属一对年轻夫妇那里最热闹，什么时候去，什么时候人头攒动。不仅因为他们的摊位最大，卖的鲜花品种最多，更重要的是，小伙子英俊威猛，蓄着连鬓胡，戴着巴拿马帽，一副西部牛仔的形象；少妇一头披肩金发，身材高挑，模样俊俏，一身漂亮的长摆吊带连衣裙，露出晒成地中海阳光色黝亮的香肩。有意思的是，簇拥着他们买花的，大多是老年人。看他们和年轻夫妇交谈，那么亲切，忍不住猜想，他们大概是想起了自家并不如意的儿女或媳妇姑爷，要不就是想起了自己韶华已逝的青春与爱情，卖花摊前，便成为了一面镜子，不是一面哈哈镜，就是一面破碎的镜子，潜在心底的对比或羡慕或感喟，无形中为眼前的鲜花添色，为小夫妻的钱袋增厚。

有一对姐妹卖菜，姐姐有二十多，妹妹大概只有十来岁，正是贪玩的年龄，在菜摊边有时编花瓣，有时玩玩具，姐姐不管她，一个人自己忙乎。她们卖一种带着玫瑰色花纹的扁豆，很像北京的油豆角，是别的菜摊上没有的，美国人不怎么认，我每次总要买一些，回去焖一锅扁豆排骨，有浓浓的北京味儿。每次去，姐姐都是笑吟吟的，妹妹都是低头认真在玩，抬头夹都不夹我一眼。有一次，老远看见姐姐忙里偷闲为妹妹梳辫子，妹妹还在玩着手里的玩具，姐姐伺弄菜园的一双手娴熟地舞动。走近才发现妹妹的头发蓬乱着，如同顶着一个鸟窝。那一瞬间，让我觉得特别像孙犁笔下的乡间人物。纯朴，又那么温馨可爱。她告诉我，她属于"阿美什"一族，"阿美什"是生活在乡间自耕自食、不用电等现代化的东西而崇尚自然的民族，他们的祖先从德国农村来到美国，近两百年一直保持这样的传统。她告诉我，集市上很多卖东西的都是"阿美什"。

卖菜的，还有一对小情侣，也是"阿美什"。看那小伙子也就二十岁，那姑娘不过十七八。他们的摊位在集市的角落里，摊子上的菜品不多，除了几个绿菜花和一筐土豆外，没有别处的姹紫嫣红。摊位前悬挂着他们的招牌，一面迎风摇摆的旗子上写着"漂流木"几个醒目的字母。我弄不懂是什么意思，莫非是他们的一种随意的生活态度？看他们的那样子，似乎醉翁之意不在酒，不在乎卖菜，只在乎情意缠绵。男的红蓝相间格子衫，女的只是一件一根细线连接的胸罩，青春洋溢的气息扑面而来。他们始终依偎一起，旁若无人地不停地亲吻，女的小手蝶恋花般紧紧贴在男的胸前，男的手里却拿着一罐带吸管的饮料，在亲吻之间不失时机地啜饮几口，仿佛在为亲吻加油，为亲吻伴奏。卖菜卖到如此潇洒忘情的境界，我还是第一次见到。

集市上每月有一次艺术家的加入，菜市、花市和艺术市场，便成为三分天下。卖画的，卖陶瓷的，卖木制品的，卖自制老式钢笔的，卖葫芦工艺品的，卖玻璃装饰胸坠项链的……倒是琳琅满目。不过，看的人多，买的人寥寥无几，那些艺术家们并不像我们潘家园的商家一样，迫不及待的推销，而是姜太公钓鱼，乐在一旁旁观，相看不厌。那样子，他们不是来卖货的，倒像是来展览的，有人欣赏，便是寻得了高山流水的知音。

一个卖油画的摊位，挂着报道画家经历的报纸，知道画家毕业于印第安纳大学，不安分自己学的专业，自学绘画，成为了一名流浪画家，画画之余，还写小说。摊位挂着他的油画，摆着他已经出版的两本小说，小说每本8美元，画作每幅却上几百美元。没看到一个人买画买小说，也没看到画家本人，只看到一个十五六岁的姑娘坐在摊位阴凉的一角在玩手机，不知道是在玩游戏，还是在发短信。猜想她大概是画家兼小说家的女儿，不一会儿，画家回来了，递给她刚买回来的一个汉堡，

FUXING 2014.7.

果然是他的女儿。女儿的一只手拿着手机，一只手捧着汉堡，头顶上是他父亲的油画，画面上的风景飘忽而美丽。

还看见另一位本土画家，他专门画钢笔画，和我同好，忍不住和他交谈起来。他叫马克，和其他几位画家一样，画画的乐趣比卖画更大，如果不是我主动和他攀谈，他一直坐在自己的摊位前，不错眼珠儿在画夹上画，任凭人流如卿，来来往往，春来春去不相关，花开花落不间断。我好奇他靠什么为生，他指着画夹上正在画的一幢老房子，和画夹一角夹着的一张照片，告诉我总有人预订他的画。同时，毫无保留地告诉我他的用纸和用笔之道，坦诚，质朴，少有我们这里一些卖画画家的世故，而抱有自得与自乐之情。

或许，幸福和快乐真的不是抽象的概念，不是金钱的数字，不是身份的焦虑，而是平凡而具体生活中的感受。或许，受到"阿美什"传统

的影响，这些卖菜卖花卖画的，在这个不大的集市上，位置是平等的，
心态是平和的。菜或花或画，只不过是他们劳动的成果，他们拿出来与
大家分享生活之乐，同时获得生存之道。在这样生活的感受之中，他们
获取了朴素却踏实的幸福和快乐。其实，马克思早就说过，人类包括幸
福和快乐在内的一切意识，来源于"实际生活的过程"，来源于身体的
"感官活动"之中。和这个集市上这些人相比，我们的幸福指数下降，
则源于我们消费欲望的膨胀，而具有了前所未有靶向性的辨识能力；我
们包括发财和升官等各种欲望膨胀的加速度，迅猛得让我们渐渐磨损甚

至失去了从日常平凡生活中感受幸福和快乐的能力。于是，我们的心浮萍一样，乱蓬一样，漂移不定，模糊了"阿美什"人早就认定的幸福和快乐应回归自然的属性。

2013年8月2日于布鲁明顿

集市的守护神

据说，在布鲁明顿一些有身份的人，是不屑去集市上买东西的。他们更喜欢到超市买那些笔管条直包装统一的菜品和水果，对于集市上那些还沾惹田野的泥土和阳光的农产品，总觉得如电视中的肥皂剧，多少显得有些粗俗。

想起瓦尔特·本雅明，他笔下的农贸集市，还真有那么一点粗俗的味道。尤其是他写集市上那些卖东西的女人："她们是掌管可以买卖谷物的女祭司，是兜售各种田里长的树上结的果实、各种可以吃的鸟类、鱼类和哺乳类动物的赶集的女人，是拉皮条的人。"尤其最后一句，皮条客，竟如此将农产品和农家女链接在一起。或许，这只是一个比喻，却是一个粗俗的比喻。

本雅明还有一个更粗俗的比喻，他写那些农产品，那些卖货女一方面把自己献身于它们，一方面又和它们交欢作乐。一个"拉皮条的人"，一个"交欢作乐"。本雅明的比喻，至少有些夸张，猜想他对于农贸集市的态度，和布鲁明顿那些有身份的人相似。

不过，本雅明的另一个比喻，倒是让我很接受，对于农贸集市，也很受用。他说那些来自田间的农产品，是这个集市的"守护神"。

没错，它们确实是集市上的守护神。没有了它们，也就没有了集市；哪怕是少了它们中的一部分，集市上也会少了不少色彩和分量。它

们是集市上的主角，或者说是舞台上至关重要的背景。卖货人，才有了
出场内容和语言的丰富多彩，

　　以及和顾客无语交流中暗含的潜台词的多义和情趣。它们确如平凡
却无所不在的神祇一样，守护着集市上农家主人的稼穑劳作和他们由此
饱满的钱袋，守护着城里人和乡间联系的纽带，以及他们的舌尖与胃。

　　布鲁明顿是一座小城，这样的小城，在美国不知有多少座。农贸集
市便成为了城市一道别样的风景，协调着进程飞速的都市化中日渐远
逝的乡间与自然的关系，让都市人的味蕾与胃口，不至于被超市标准化
的农产品调教得过于单调，甚至退化。事实上也是如此，从这里买到的
菜，尽管大白菜粗粗拉拉的菜帮子耷开着，西红柿的个头儿大小不一，
甚至还有的裂开了口，没有超市里用塑料纸包装好的白菜那样整洁，装
进纸盒里的西红柿那样漂亮，但是，人们更认同这样的"歪瓜裂枣"，

卖花夫妇

2013.7.24伯市场子。

卖花夫妇

2003.7.24.

卖桃夫妇

2013.8.2. BLOOMINGTON

卖菜一家那天母亲来未来

Guest

哪怕花了比在超市里更多的钱。因为，这里外表的臭美与内在的好坏的审美标准和价值标准，和超市里完全不同。这里大白菜的味道浓郁，是只有我小时候才有过的味道；做西红柿汤，一锅的西红柿味道扑鼻，满汤颜色鲜红，像是村姑质朴透亮的本色，断无舞台上化妆后的矫饰。

布鲁明顿所在的印第安纳州，是美国的农业大州，相比较其他地方，这里集市上的农产品更丰富，价钱也稍微便宜一些。卖货的人，都来自附近的乡间。由于城乡之间的差别不是很大，卖货的人和买货的人，没有我们国内农贸集市上常见的穿着或谈吐的差异，更没有此起彼伏的讨价还价，以及相互的隔膜。有时候，集市充当了小城客厅的作用，忙碌一周的人们，常常在这里碰面，站在摊子前就聊起来，卖货的也不着急，听凭他们尽情地聊完。买卖之间那种和谐以及因为熟悉而显得的亲密，似乎混淆乃至消失了纯粹物与钱交换的本意。

倒是有一点，和我们的集市颇为一样，便是卖货的常为一家子，父女卖菜、祖孙卖桃、夫妻卖花、兄弟卖绿植、母子卖蜂蜜、老夫妇卖爆米花……让人感到农业时代的一些人伦关系的温暖信息和气息。这种在都市一般超市和MALL难得见到的温馨情景，是我特别爱去这里集市的一个重要原因。我爱看这样的情景，那些孩子，不是出于无奈；那些大人，不是出于强迫；那些年轻的情侣，则是出于感情，卖菜或卖花，成为了他们耳鬓厮磨的上好机会，他们可以将田头的缠绵缱绻，旁若无人地续演到这里。

有一对小兄弟俩卖桃，特别有意思，大的十三四岁，小的十岁左右，每次去他们那里买桃，都看见他们穿戴整齐，西装吊带裤，淡粉色的衬衣塞在裤子里。好像他们不是来卖桃，而是正装出席一场舞会，或者作为小伴郎出席一场婚礼。在这个集市上，我还从来没有见过一个摊位有这样正式穿着的卖货人，而且，那淡粉色的衬衣总是那样的干净，一丝不苟，衬托着他们身边的桃子和他们的脸庞一样的绯红。

有一对老夫妇卖花和绿植，个子都很高，长得都瘦削挺拔。他们是开着一辆厢式汽车来的。他们更有意思，除了顾客前来买他们的花和绿植，他们会弯下腰来说话，他们永远都只是一个姿势，亭亭玉立地站在花丛和绿植的后面，女的双手抱肩，男的双手插进裤兜里，彼此不说话，就那么站着，像两尊雕塑。我猜不透那时候他们在想些什么，逝水年华？梦里关山？如花一样的情爱？还是雨打芭蕉争争吵吵的大半生？或是儿女如意的花好月圆或不如意磕磕绊绊？或者，他们根本什么也没想，超尘拔俗一般参禅入定？

有一家人卖菜，一对夫妇，一对正是豆蔻年华的儿女。他们把在集市最边的一角。光顾那里的客人相对少一点儿，他们似乎乐得清闲，弟弟常和姐姐说笑，爸爸妈妈坐在一旁，也不看他们，任凭他们闹成一团。菜里坐消无事福，所谓天伦之乐，应该就是这个样子吧？有几次去他们那里买菜，发现妈妈没有来，爸爸单调地坐在一旁，姐弟俩也不那么热闹了，仿佛天缺一角，全家福的天伦之乐居然乐不起来了。

还有一对年轻的夫妇，或者是情人，我说不大准，但一直很吸引我。他们卖花，无论买与不买，只有到集市，我总要到他们的摊前看一眼，他们比他们摊子上的鲜花还要养眼：女的总是穿一袭连衣裙，勾勒出曲线流溢；男的总是套一件背心，露出肩头健壮的肌肉。在这个集市上，如果要评选，这一对夫妇或情侣，长得确实出类拔萃，能够拔得头筹。即使美国大片里的男女主角，有的也赶不上他们。他们不必演乡村爱情片，就是演007和邦德女郎，也绰绰有余，是绝配的一对。

我在布鲁明顿住了四个多月，从春末到初秋，每个周末都去集市，都去看他们一眼。在我快要离开布鲁明顿的一连几个周末，去集市上都没有看到那位邦德女郎。有人悄悄告诉我，不知什么原因，女郎离开了那男的。仅仅过去了四个月，世事难料，爱情比他们卖的鲜花还容易凋谢。望着独自一人卖花的男人，满摊的鲜花也有些黯然失色。

秋风起时，发现男人身上已经穿上了夹克衫。

2013年10月14日于布鲁明顿

泉水磨坊

泉水磨坊，一个很好听的名字，有田园味道，那种味道属于上个世纪以前。

我猜不出，这个名字是以前就有，还是后来人们起的，但猜得出"开拓者小村"一定是后世的命名。后世者，一般愿意定义前世，地理之名便带有意义的光彩。

如今的人们，还是愿意叫它泉水磨坊。

两百多年前，一群德国人从美国东海岸登陆，然后往西走，一直走到了这里，发现一片茂密的森林中有泉水，便在这里安营扎寨，砍下树木，盖起房子，再用木头接成长长的水渠，从并不高的山里的山泉接通水源，让泉水汩汩地流淌下来，再盖起了一座磨坊，并用粗大的原木修成一个巨大的水车。有水，就有生命，第一缕炊烟，开始袅袅升起在这亘古荒无人烟的林中。这群德国人，像是一片蒲公英，被莫名的风吹到这里，人生的命运，真的是如风莫测。如今，在印第安纳州，有很多德国人的后裔，大多起源于这里。

泉水磨坊，在印第安纳州南端，距离布鲁明顿市大约50公里，对于历史并没有多久的美国，这里如我们的秦乡汉寨一样，成为了被保护的一片历史遗迹。我来到这里，首先感慨当年德国人真的是有眼光，这里一片青山绿水，难得的是，山泉汇成的小溪，成为人生存必须的最好背景。如今，这条溪水叫作磨坊溪，和高高悬挂在半空中的水渠，呈两条平行线，横贯全村，然后在前面汇合，一起流入印第安纳州的白水河中。

泉水和磨坊，成为这里的标志，清澈而缠绵的泉水，如村民中的女性；高大威武的磨坊，是村民中的男人；进村的第一座房子，现在叫作"祖母的白房子"，则象征着村民中的长辈。村落拟人化的空间格局，如同遥远的童话。现在还保存当年孩子们的读本，便有他们从欧罗巴家乡带来的德国作家格林兄弟的童话书，尽管已经破旧得书页翻飞如同衣衫褴褛，依然保存在他们的博物馆里。如今，德国人成为了美国人，他们带来的德国文化，也演变成为了美国文化。

如今，磨坊成为了博物馆。磨坊一共三层，都陈列着当年遗存下来的东西，包括猎枪、课本、木头鞋、树皮船、孩子自制的玩具，医生治疗的器具、狩猎各种动物的毛皮……最有意思的，还有当年刻在木墩上的棋盘。从四周的窗户里可以眺望全村的角角落落：开阔的草坪，清澈的溪水，笔直的水渠，星星点点的房屋，花木掩映的院落……那一刻，真的让人感到如世外桃源一般，远避尘嚣，如今连一丝烟火都没有，只有清风吹散着花草林木的清香。遥想当年，这里更是清寂，自古就是旷无人烟，被一片原始的森林所包围的日子，不知道是一种什么样的感觉。

磨坊一层，和窗外的水车相连，如今还在工作。山上的泉水，依然通过古老的水渠流出来，冲击着水车的车轮，带动着磨坊的水磨磨面。身着当年德国人服装的壮汉，正在磨玉米面。如果不是他将磨好的玉米面包装进纸袋和布袋里，袋旁边分别标着每袋两磅，纸袋3美金，布袋5美金，简直忽略了是现在，而是时光倒流，回溯到了当年。当年，他们

就是用这样的玉米面做蛋糕，如今这样玉米面蛋糕，在当地依然流行。

全村的房子并不多，我猜想，当年的房子应该更多才对。两百多年的光阴，能保存下来这些房子已经不容易，更何况，全村除了磨坊是石头垒砌，其余的房子都是木板建成的。想想我们北京胡同里的房子，不要说是两百多年的老房子了，就是一百来年的清末民初的房子，现在还剩下多少呢？也就可以明白了，他们如今的保存实属难能可贵。每座房前钉有一块铁板，说明当年房子建造的时间和后来修补的时间。建造的时间都在两百来年前，修补的时候都在一百年前左右。都说我们的建筑是砖木结构，不易保护，这里纯粹木结构的房子就容易吗？什么样的房子，都像人一样，光生不养都是无法为继的。

如今，泉水磨坊村里保留下的房子，迤逦散落在磨坊溪的两岸。有各种商店、诊疗所、药店、学校、酒馆、酒坊，还有一个有上下两所居住二层楼所围成的院落，院子旁边是一座姹紫嫣红的花园。这样的格局，明显带有旅游观光色彩。各种店铺里，有身穿当年德国民族服装的人，在现场编织手工艺品、手工制作皮鞋，加工木料，院子的房前屋后和院墙上挂满各种图案的棉被……有意思的是，除了磨坊里出售玉米面之外，无一处是为了兜售商品。那些穿着民族服装的德国人的后裔，坐在院落里的板凳或摇椅上，可以和你像唠家常一样聊天，却并不是为了出卖那些色彩纷呈的德式图案棉被的。好像今天的太阳很好，这些大婶和老婆婆们纷纷在晾被子。

看当地办的《磨坊报》上介绍，在节假日里，就在这院落里和磨坊前的草坪上，还会有歌舞，民族服装，德式风情，与风共舞，和月长吟，即使无法昔日重现，重回两百年前的旧梦之中，却还是顽强的再造当年的情景。怀旧之风，哪里都有，何况这里毕竟是印第安纳州古老的历史遗存，磨坊、水车和泉水，都还健在，是历史给予今天的物证如山。

让我多少有些感慨的，并不是这样地理空间的布局与旅游节目的安排，因为这样的布局和安排，在世界各地大同小异，并不新鲜。让我感慨的是，这一切，为旅游，却更为历史对于今天的作用与意义，而非让旅游然后目的赚钱水落石出，孤零零，赤裸裸的只成为赚钱的一种游戏。面对这样的场景，总会不争气的想起我们自己，在我们的旅游项目之中，这样古老村落和小镇的历史遗存，不知有多少，我们的丽江，也有溪水环绕，也有水车翻卷，也有老房子沿街而立，却是那样的灯红酒绿，低级的旅游小商品泛滥一街，蓬勃的商业色彩，吞噬着历史，文化仅仅成为了赚钱的商标符码。

我不知道，泉水磨坊是如何来维持自己的生存与发展的。这里被一片森林包围，这片森林成为了印第安纳州立的森林公园，公园的门票是每辆车5美金（包括停车），这样的门票收入，和我们这里常见的不断涨价的高门票、坐地收钱，雁过拔毛，将这样的历史遗存内造得餐馆旅馆林立，散发着浓厚的商业气息，将这样的旅游地变成蜂巢一样闹哄哄的集市，实在是大不一样。

在泉水磨坊，一切餐饮都必须在村外，而且，没有任何餐馆，所有人吃饭都是自带野餐。从村里流淌出来的溪水的旁边，有一片开阔的草坪，草坪上有一些木桌和木椅，野餐的地点，就在那里。同时，厕所也在村外，一切车辆包括自行车，都禁止入村。

我走出小村的时候，看见很多人家正在草坪上野餐，还有人把西瓜放进溪水里，进行天然冰镇。溪水的旁边有一对老夫妇，开车过来，从后备厢里卸下一辆小推车式的音箱，是一台老式手摇的音箱，

音箱上面画着上个世纪典型的招贴画，老妇人手摇着，老头儿打着小鼓的节奏，一曲民谣老歌缓缓淌出。他们或许常常到这里来，只是自得其乐，或许是为了这个古老的小村添点儿怀旧的音乐。这么漂亮的小村，有磨坊，有泉水，怎么能没有音乐呢？音乐和磨坊溪相互伴奏，一起清澈地流淌。

2014年8月13日于印第安纳

印第安纳赶集

一年一度的印第安纳大集，都是在夏天最热的时候举办。大集，是我的说法，本地称为"印第安纳州大赛"。所谓大赛，是指全州的农业方方面面的比赛，比如谁的牛羊养得最好，谁种的南瓜西瓜最重，等等。

在美国，印第安纳是个农业大州，西瓜、哈密瓜、桃、蓝莓，以及西红柿等蔬菜的产量，名列前茅。这样的比赛，最显其本土特色。在我看来，其实就像我们中国的一个大集，来自全州各地的人从四面八方赶来，人头攒动，摩肩接踵，热闹非常，又像是我们春节的庙会。

大集在州府印第安纳波利斯的会展中心举办，为期16天。这个会展中心建得有点意思，没有我们常见的富丽堂皇的高楼大厦，最高不过二三层楼，很多建成了美国乡间传统的谷仓模样。为请来各地农场那么多参赛的牛羊牲畜有了恰如其分的安身之地。有一个巨大的谷仓里，专门陈列并销售他们的农产品，比如蜂蜜、果酱和各种豆子。门口放着一个粮囤，外露一根粗绳，你可以上去一拉试试自己能拉起多重的粮食，上面有显示屏显示。另一个谷仓里，围起了很多栅栏，栅栏里有一些品种各异的小羊和小牛，栅栏上挂着装有食物的盒子，孩子们可以从那里取食喂养小动物。另一处名为"蝴蝶花园"的地方，是一个绿荫环绕花

🏛 新华版常销书

新华书店、各大网店有售

邮购热线：010-63077122

团购热线：010-63074111

新浪、腾讯微博：@新华出版社

豆瓣小站：新华版图书

微信公众号：xinhuapub1979

团锦簇的弧形走廊，走廊两侧用铁丝网围成，里面飞舞着色彩缤纷的花蝴蝶。门口站着一位老奶奶，手里拿着一只活的大蝴蝶，孩子们可以伸出手心，让蝴蝶在手心里站一会儿，让法布尔的《昆虫记》上演一页活报剧。看蝴蝶在孩子们小心翼翼的手心里抖动着透明的粉翅，看小羊小牛伸出舌头舔着孩子们的手心，那样彼此欢乐的样子，让久违的乡土气息充斥在城市的空间。

室外则陈列着各式拖拉机、收割机和农机具，包括除虫、收集落叶的小型工具。旁边的商店里，可以买到这些车具的模型玩具，大人和孩子，各得其所，尤其是孩子，他们在那些拖拉机收割机上爬上爬下，那里成为了儿童游乐场。而大人可以在这里选购他们中意的车具。那些车辆和工具上涂抹颜色，以绿黄为主，阳光下鲜亮得分外夺目，让我忍不住想起在北大荒拓荒和收割时躬耕田野的拖拉机和康拜因，基本都是苏式，颜色都是红色，履带链轨。时间隔开了几代人，流水不仅带走光阴的故事，改变了拖拉机的颜色和样式，更改变了历史。

当然，印第安纳大集，并不真的像我们农村的大集只为了买卖和交易，那就成了司空见惯的展销会。它命名的"大赛"，是它的招牌和核心，也是最吸引人的地方。因为各式的比赛，更具有民间性和民俗性，所有人都可以参与其间。大集也好，大赛也罢，这里更是一个大PARTY，这也成为区别我们的庙会的一大标志。我们的庙会，如今变味，几乎成为了以羊肉串为代表的小吃一条街。这里也有卖吃的很多摊位，却单调的不过只是汉堡热狗比萨那老几样，绝不喧宾夺主。各种比赛却丰富多彩：比唱歌比跳舞比摩托车越野比热气球升天比斗鸡比剪羊毛比为牛身剪成各色图案的，花样不少，乐呵不少。

其中最富有特色的，是在这里一幢主要建筑里举办的"家庭艺术比赛作品展览"。参加比赛者，来自州各郡，其中不少是农场的农人。一楼是针织丝绣，二楼是摄影，地下室是美术和民间艺人的手工艺品。看那些琳琅满目也带有幼稚甚至笨拙样子的作品，你会感到扑面而来的生活气息，会觉得甚至比印第安纳波利斯美术馆和芝加哥美术馆里展览的作品更令人感动。我在那里的楼上楼下转了两圈，感慨好的艺术作品不仅居庙堂之高，也处江湖之远。美术作品全部可以出售，绝大部分标价都不算高，最低只要50美元，买一个装好卡纸的镜框得要多少钱呢，几乎等于白送。本来，他们也不指望用画换钱，自得其乐，艺术才能真正地避开眼下画界的铜臭和拍卖行的奢侈，如清澈的溪水一样循环，从民间走向民间。

重新走到一楼大厅，T型台的模特走秀已经开始了。这里的走秀，不仅有身材窈窕的美女，还有孩子和老人，更有体态并不那么完美的姑娘，他们一样可以展示自己异质的美。正如一座花园，它不排斥娇小的甚至丑小鸭一样的野草闲花，方才构成一座花园的姹紫嫣红。我身旁的一位老奶奶级的老人，身穿乡间服装，弹奏着一架踏板式的古老风琴，在为那些身材各异年龄各异的人伴奏，看那些人在美妙的乡间音乐里拖着一袭穿裙从台口款款地走过来，那人，那音乐，都让我感到扑面吹来乡间清爽的风。这样的走秀比赛要一直延续到大集结束，赛出一位印第安纳州的州小姐。她们无意争春，只是螺蛳壳里做道场，方寸之间却自可以琼瑶满地。这项活动从1958年开始，在通往二楼的走廊两侧，陈列着各年州小姐的照片。看她们身披着金色缎带头顶灿烂桂冠的样子，和世界小姐无异。

毕竟和我们的大集或庙会不尽一样。尽管我们的大集和庙会也都来自乡间传统，但我们的大集远不如这里的规模，而我们的庙会已经都市化、商业化，与原始庙会的乡土气息、民俗之风渐行渐远。在城市化的进程中，乡村的图景不断变化和消失；传统的继承和打破，一直让我们狗熊掰棒子一般顾此失彼。如何保存对乡土的关怀，对乡土的记忆，其实不仅涉及对传统的认知问题，更牵扯价值的认同问题。更不要说我们城市化进程的不平衡乃至畸形，我们农民的父老乡亲更多得浩如烟海，

如何为他们服务，让他们真正参与并融合我们都市化的发展中，让类似
这样大集的节日，不仅复活着历史的影子，同时也能存在于他们现实生
活的意义之中。

2013年8月25日于布鲁明顿

街上看鞋

在美国，走在街上，或坐在街旁，我特别爱看来来往往的人脚上穿的鞋。因为和我在国内看到的景观不大一样。在国内，大街上，尤其是在前门、王府井，或西单这样热闹的街上，人们穿的鞋远远要比美国这里的花样繁多，色彩炫目。在那些大街上，常常会看到人们尤其是年轻女孩子脚上的鞋，名牌自不待说，光是样式，越新潮越不怕新潮。冬天的高腰皮靴，夏天的五彩凉鞋，春秋两季的船型或盖式或香槟或复古或盘花或镂空或平跟或高跟或尖跟或坡跟或松糕跟……应有尽有，无奇不有。特别是那种现在流行的加高鞋跟的鞋子，从鞋底就开始增高整整一层，然后再在跟上做足了文章，旱地拔葱一般，一夜恨不高千尺一般，让身高一下子拔高许多。看这样的女人在大街上风摆柳枝袅袅婷婷地走，总有些杞人之忧，觉得她们像是踩着高跷似的，一不留神，就会被如此高的高跟崴了脚。

在美国的大街上，几乎没有见过这样的景观。但也不能把话说得那样满，偶尔见到过几次这样的高跷鞋，大多是我们中国的女人。有一次，在印第安纳波利斯的市中心纪念碑前的广场上，我见到一位中国的女人，年龄不小了，大约在往五十上奔了，跟在一位洋老头的身后，洋老头指着高高的纪念碑和周围的建筑，向她介绍着什么。便猜想这位女人大概是初次来到这里，或许是来自大陆，也许是居住在美国的华人，总之，她倾听着洋老头的介绍，一脸灿烂的笑容，有些谄媚的样子。便又猜想，或许是别人给这个洋老头介绍的对象。由于洋老头长得人高马大，腿长步宽，她人长得小巧玲珑，有些跟不上洋老头。看她踩着一双那样高的高跟鞋，而且，还是尖跟的，真的有些替她担心，生怕走得一急，歪着脚踝。不过，她倒是没事，如同跳着熟练的芭蕾，尖跟在地板上响着轻快的声音，像是脸上微笑迸溅出的回声。

在美国，很少见到洋人出现这样的景观。即便搞对象中的女人个子矮小，也很少见到非得借鞋跟以增加身高，来平衡恋爱中的心理期待与价值指数。不知道从什么时候，中国出现了女子身高自恋症。矮个子的女人穿高跷鞋，高个子的女子也穿高跷鞋。

在美国，正经的皮鞋，在大街上很少见，无论男女，人们更爱穿的是运动鞋，如果天稍稍一热，人们便早早换上一双凉鞋，凉鞋中，居多的是那种夹脚豆儿的人字凉鞋，可以从开春一直穿到秋末。有时候，我会想，美国人的生活真的是太简单了，一年四季，有一双这样夹脚豆儿的凉鞋，一双运动鞋，一双上班的皮鞋，就足够了。如果讲究一点儿的，再有一双高筒皮靴；如果再时髦一点儿的，买一双雕花的牛仔靴，已经算是奢侈的了。

去年夏天一个周末的中午，还是在印第安纳波利斯的市中心，在一家餐馆里吃午饭，黑人服务员问是想坐在室内，还是坐在外面。我说外面吧，坐在凉伞下，面前就是直通纪念碑的大街，正好可以看看来来往往人们脚上的鞋。趁着菜还没有上来的工夫，我想做一番小小的试验，看看从我面前走过的人，有多少穿运动鞋的，有多少穿凉鞋的，有多少穿皮鞋的，又有多少穿我们国内那种高跷鞋的。走过来、走过去的人，白人、黑人、亚洲人，年轻的、年老的、年幼的，都有，虽然赶不上北

十字街头

清溪

2013.5

京街头的人流如鲫，但毕竟是周末，人还是挺多的。数到一百的时候，不想再数了，觉得大概可以看出一些眉目了。一百人中，除了六位穿皮鞋，穿凉鞋的和穿运动鞋几乎平分秋色，穿运动鞋的更多一些。而那种高跷鞋，我一个也没有见到。

坐在那里，我有些走神。想着我刚才计算出来的数字，为什么会运动鞋更多一些？因为，走步和跑步，是美国人日常生活和运动的方式。无论在哪里，几乎都可以看到走步和跑步的人，特别是在一早一晚，和休息日，跑步的人更多，他们手腕上系着表型的计步器，跑得汗流浃背，却乐此不疲。为此，在美国很多的大街上，都会专门辟出一条道，为自行车和跑步专用。所以，在大街上见到的人们穿运动鞋更多一些，是不足为奇的。在鞋店里，运动鞋卖得非常热火，老少咸宜，谁都要有几双运动鞋的。

发现这一点，我像是哥伦布发现美洲新大陆一样，有了什么自以为是的新发现。鞋，不光是关系着人们的生活水平，舒适程度，价值观念，审美需求，也关乎着人们生活和生命存在的方式。运动鞋，在美国的状况，说明了这一点，他们对鞋的选择，更多的不仅仅是为了美，为了增高，为了给人看，更多的是为了自己的生命与生存。运动，才不仅仅只局限于运动场和健身房，也在大街上。

我想起前几年的春天，在威斯康星州的州府麦迪逊市大街上见到的最壮观的运动鞋。可以说，像秋天的落叶，冬天的雪花，覆盖满大街一样，那一天的上午，麦迪逊大街奔跑的都是这样的运动鞋。

那是麦迪逊市举办的每年一度的长跑比赛。名称非常有趣，叫作"疯狂的腿"比赛。比赛的距离是半个马拉松的长度，参加者有万人之多，要知道麦迪逊市人口总共才有几万呀。想到这一点，便也就多少明白了为什么要把比赛叫作"疯狂的腿"了，没有如此疯狂般的心劲，怎么可能平均每一家就会有一个甚至两个人出来比赛呢？

比赛的始点在州政府大厦前的广场上，背后或胸前贴着号码的选手已经熙熙攘攘，人挤着人，几乎密不透风。看到选手中竟然有白发苍苍的老头老太太，让我分外惊奇，忍不住上前打听，才知道不少老人一辈子以参加一次这样的长跑比赛甚至马拉松比赛为荣耀。

发号枪响了，一片欢腾之中，那么多人跑了出去，浩浩荡荡，犹如汛期的桃花水，满城都是长跑的人和看长跑的人，满城都是疯狂的腿，疯狂的腿下脚上，穿的都是运动鞋。街上，本来就是车行人走的地方，但这一日，除了警车和救护车，都是鞋子，而且是运动鞋，主宰了这座城市，覆盖了这些街道，上演了一幕荡气回肠的活剧。那些色彩缤纷的运动鞋，让城市的街道变幻了色彩，变幻了功能，有了蓬勃的弹性，有了生命的力量，有了魔力一样的诱惑和吸引。这是我见过最壮观的运动鞋，最壮观的街道，两者相映成趣，构成都市万千风情。

在美国大街上看鞋，成为了我一种惯性的习惯。特别是双休日的时候，看到很多人是在跑步。好容易熬到一周休息的时候，他们似乎不大愿意开车，而是愿意跑步。而我们这里大多愿意开车出去兜风或聚餐，甚至哪怕买瓶酱油，也要开车出去。

有一个星期天，我到纽约，因为堵车，坐在大巴上无所事事，居高临下看大街上的人流，忽然又不由自主地看人们脚上穿的鞋，并又像在印第安纳波利斯那天一样，数着数，计算着穿不同鞋的比例。谁知纽约跟北京一样人流如潮，数着数着就数乱了，但还是大约可以算出来，起码有百分之七八十的人是穿运动鞋，似乎个个都长着疯狂的腿。

2015年元旦写毕于北京

街角的海棠

街角有一株老海棠树。它在街角刚刚拐弯的人行道旁，和别的街树并排站在一起，朝着正东南的方向。每天清晨散步的时候，总能看到它朝气蓬勃的朝着太阳升起的天空，抖动着一树茂密的枝叶，像一个尽管有些老态龙钟却长着一头好头发的女人，依然显得风韵犹存般有些招摇。

其实，好头发并不只是它的骄傲，春天时，它开满一树鲜艳的花朵才是它最张扬的骄傲。去年的春天，我从国内来美国居住在这里，第一次见到它，就是被它满树怒放的花朵所吸引。仅看花朵，不会觉得它有多老，因为和其他年轻海棠树一样怒放的花朵没有什么两样，树老只在表皮上显示。这就是树和人的区别吧，树的叶子和花朵，是遮掩或忘却自己年龄的两样法宝。人只有靠衣服和脂粉，权当作自己的叶子和花朵。这是后来知道了这株海棠确实已经老了之后的想法。

当时，看它最初开花时，含苞欲放，花骨朵儿尖上那一点点红，真是鲜艳欲滴，像是姑娘刚吃完鲜草莓的嘴唇，和别的海棠树上的花朵没有一丝一毫的两样。后来，看它渐渐的绽放开了花朵，那鲜艳的红色像是被水洇散变淡，随着花瓣完全的展开而变白，最后随风飘零，飞舞着一天的白蝴蝶，落下一地如雪。

现在，我想，前者或是它青春的回忆吧，谁都有过青春美少女的时光；后者则是老天爷给予它渐渐变老或终究要老的生命预示。只是和人一样，在花开的时候，谁也不会在意花落的时候，总以为今年花落了，明年花还会再开，就如同小鸟一样重新飞上枝头，却忘记了歌里唱过的"青春一去小鸟不回来"。

去年的秋天，散步路过它身旁，忽然发现，它结了一树海棠果，竟然是那么的红艳艳，而且，比我居住的这个社区里所有的海棠树结的果子个头儿都要大很多，每一颗海棠足比美国樱桃还要大。迎着早晨阳光的时候，尤其漂亮，红红的，像是燃烧着一树的火把。这才是它最值得的骄傲。春天有漂亮的花，秋天有丰硕的果，就像一个女人，年轻时有漂亮的身段和姿容，老了绕膝有那么多子孙满堂，还有什么别的奢望呢？

秋风萧瑟的时候，地上会落下它那鲜红的海棠，每天路过它身旁时，我都会弯腰拾几颗回家，放在白盘子上，红白相衬，晶莹剔透，像白石老人的画。馋嘴的小孙子从幼儿园回来，抄起一颗就往嘴里塞，美美地吃，连说真甜。没吃完的海棠，渐渐萎缩，成话梅核一样，干瘪成一团皱巴巴的紫色，灯下像凝结好久后的血。熄灯后一袭月光透进窗来，迷离地打在上面，恍恍惚惚的，像一幅过了时间颜色暗淡的圣诞卡，诉说着曾经欢乐美好时光的回忆。

就在它一树鲜艳的海棠快要落光的时候，我离开了这里回国。半年之后，今年的春末，我再次来到这里，这里的一切依旧，觉得没有什么变化。倒过时差后，重新沿着熟悉的小路散步，发现雪一般的杜梨花、淡绿色的苹果花、胭脂红的海棠花，都已经落完，甚至鹅黄色的绒绒松花都变成土黄色了，知道今年我来得稍晚一些日子，错过了花开的最后时节。再次经过街角的时候，没有注意那株去年曾经见过的海棠树，也

不奇怪，缺少了一树鲜艳的海棠花，它立在那里，和别的街树没有什么区别。心里悄悄地想，树和人一样，脱去了鲜艳的衣裳，站在那里，无论是在澡堂子里，还是在天体浴场，都一样。

其实，我的想法是错误的。人，无论穿衣服，还是脱衣服，不会都是一样的。以为一样，不过是抽象为一种定式，而忽略了其中一种。

夏天到来的时候，一天上午，散步再次经过街角，忽然发现一棵树的树干上钉着一张硬纸卡，白色硬纸卡足有一本书一样的大小，上面还包着一层塑料纸，阳光一照，明晃晃的反光，老远就能够看见了它。走近一看，硬纸卡是格式化的表格，印刷体的英文写着此树已死，（ ）工作日内砍伐，请注意安全；手写体填写着括弧内阿拉伯数字30，和今天的日子，以及联系电话。抬头一看，枝上枯枯的，已经没有了一片叶

子。再定睛一看，竟是那株老海棠树。

　　生老病死，树和人一样，都是无法逃脱的命运。问过街邻，说是今年冬天整个印第安纳州的雪下得特别大，气温也极其低，开春时发现不少老树都死掉了。只是，此次来这里快一个月了，几乎天天散步经过街角，竟然没有注意它已经死掉。而去年在这里的时候，我却注意到它的花盛和果熟期，不禁唏嘘。树和人，真真的是一样的啊，青春和成熟的美好时期，都会引人瞩目。而到了老的时候，都会被人那样的容易遗忘，甚至如我一样几乎天天经过它的身旁，都可以视而不见。

　　一个月后，街角再无这株海棠。

2014年6月14日写于布鲁明顿

街角老书店

离开布鲁明顿的前一天，我才在城中心发现居然还有一个书店。

按理说，位于闹市中心，又正对着市政府大楼，应该早就看见才是。但是，它实在太不起眼，灰色的大理石的基座，灰色的二层小楼，没有一扇一般书店常见的琳琅满目摆满图书的橱窗，也从来没有一次见过有人从那里出出进进。闹中取静的它，犹如一位阅尽世事沧桑的长者，老眼厌看往来路，流年暗换南北人。多次路过那里，都以为是一家家境殷实的老住户，或者是一家私人定制的服装店。

这一次，忽然发现在它的底座的边上有几个英文字母"CORNERBOOK"，简单而浅浅的线条，凹刻在大理石上，和灰色的大理石成一色，不注意看，很容易忽略。这是它作为书店存在的唯一标志了。按照英文的意思，和它所处的位置，应该叫作"街角书店"。

这样叫法名副其实。它在第五街和学院路的交叉路口，正好把着街的一角，一侧通向第五街，一侧通向学院路，类似我们北京的转角楼。第五街是此地最重要的街道，印第安纳大学、布鲁明顿公共图书馆和儿童博物馆，都在这条街道上。一个书店能够屹立在这样黄金地段，在如今的城市中已经越来越少见了。原因很简单，在这样寸土寸金的地段，房地产的价格，被精明人早就算出什么能够赚钱，什么不赚钱。哪怕把书店改成咖啡馆呢，也不会像现在这样门可罗雀。

可是，这家街角书店一直就屹立在这里。据说，布鲁明顿建城不久，自从有了这两条街道，这里便是这家书店。这样算来，一百来年的历史了。如今，在全世界的大小城市里，能够找到有着这样悠久历史的书店，越发是凤毛麟角。想想我们北京，琉璃厂的中国书店算吗？店铺的位置幸而还是，但店铺的样子早已面目皆非了。

布鲁明顿不是一座大城，只是一个拥有六万人口的小城，居然还顽强保留着这样一个书店，真的不容易。如今，在网络的冲击下，纸面阅读遭受空前未有的滑坡；而网上销售，更对实体书店是一个致命的打击。这是全世界的问题。在美国，实体书店是由大的连锁店和小的独立书店构成。连锁店一般实力雄厚些，独立书店则由于是个体经营，本小利微，面临的挑战更为严峻，很多家书店都已经纷纷倒闭，就连纽约最有名的中央车站书店，也将于今年年底关张。布鲁明顿当地的朋友告诉我，早就传出这家街角书店也要关张的消息。可是，消息传了一年多，书店还顽强屹立在这里。

或许，这是街角书店老板的坚守，也是有布鲁明顿这座城市坚实的文化依托支撑着它吧。毕竟这座城市一半以上的人口是印第安纳大学的师生。存活全美国连锁书店和独立书店加起来，如今不足两千家。其中连锁店主要是巴诺（Barnesandnoble）和鲍德斯（Borders）两家，大前年，鲍德斯已经倒闭，如今硕果仅存的只剩下巴诺。在已经为数不多的巴诺连锁店里，布鲁明顿就有一家，吃力也竭力地存在在第二街外面，和街角书店呼应，彼此做个温馨却多少有些心酸的慰藉。

街角书店不大，走进去，一层售书，二层住着主人一家。便想亏了房产是书店主人的，否则，真的是难以为继。又想，书店如今如此艰难，主人完全可以不开书店，而变为他用，但主人依然不改初衷，让这

座百年街角书店不合时宜地存在着，成为了这里一道别样的风景。这样一想，心里对主人充满敬意。

书店麻雀虽小，却五脏俱全。生活类、艺术类、文学类、儿童类……分门别类，很方便找书。由于为了尽可能多陈列各种书籍，四周和中间都是书架，空间显得很逼仄，却拥挤着品种丰富的书籍。在这里，我看到了有的大书店都没有的书，比如曾经上过《时代周刊》封面的美国摇滚女歌手帕蒂·史密斯的摄影集，布鲁明顿本土最有名的印象派画家斯蒂尔的传记和画册。而文学的书籍都是古典名著，没有什么现当代我们这里趋之若鹜的作家作品。

有点儿遗憾的是，整个书店，除了我和售书的小姐之外，一直再无一人进来。一窗隔开车水马龙的喧嚣，它像是一位大隐隐于市的隐者，无我，无住，无着，静默无语。

2014年12月22日写毕于北京

社区日

那天，去印第安纳波利斯，那么巧，路过市中心士兵水手纪念碑旁著名的希尔伯特环形音乐厅，正好赶上他们的"社区日"。

"社区日"，在美国各个社区普遍都有。类似这样的"社区日"，我们这里也有，一般都是社区办事处组织的活动，属于一级政府出面，虽然打着公益的牌，却往往宣传多于切实的服务。一些新建高档的小区，模仿外国，也搞"社区日"，多在圣诞节和元旦，联谊或时髦多于实际的服务，因是物业和社区委员会出面，费用出自物业费，属于羊毛出在羊身上。

在印第安纳波利斯，我遇到的所谓"社区日"，和我们的"社区日"完全不同，和美国一般的"社区日"也不同。它的公益性纯粹，主题也明确，且专属性单一。服务的对象和服务者，都是指定的人群，特别是服务者更是具有专业性，而非什么人都可以上马。这个"社区日"，服务者就是印第安纳波利斯交响乐团为社区服务的日子。他们在音乐厅内外张扬的旗子上，写着"音乐在我们的生活中"，这是这一天他们醒目的主旨。

和世界上任何一座城市一样，贫富两极存在，这里也有低收入而买不起音乐会门票的弱势群体。如果没有这个"社区日"，他们可能一辈子都进不了这个音乐厅。这个音乐厅，历史悠久，归属于印第安纳波利

斯交响乐团，尽管今年春天他们自身经济窘迫连乐团的工资都出现了问题，但是，"社区日"必须进行。在这样的日子里，他们必须为社区无条件的服务，起码在这一天，让音乐真正在我的生活中。让音乐如水一般渗透在生活中。和花昂贵的费用买一张音乐厅的入场券去听音乐，完全是两码事，其中重要的区别，是音乐真正的成为人们生活的一部分，还是成为有价商品的一部分。

"社区日"这一天，音乐厅免费为公众开放，大门前人头攒动，门庭若市。我好奇地走了过去，领取了一份节目单，方才明白，里面的内容很丰富，并非只是大门一开任人参观，或听一场音乐会那样的简单。我对服务者说我来自中国，来自北京，不是印第安纳波利斯的人，能不能也进音乐厅去？一个中年妇女微笑地对我说，欢迎你参加我们的社区日！然后递给我一个表格，让我在上面填写姓名，住址和联络方式，送给我一个塑料小提包，上面印着"社区日"和"音乐在我们的生活中"字样，然后递给我一张入场券。

和美国很多音乐厅一样，服务员都是身穿酱红色制服的老太太。她们和蔼可亲的领我步入音乐厅。一楼休息厅围着一群孩子，两位黑人音乐家正在教孩子拉小提琴，一旁的柜台上摆放着一排琴盒，人们可以领取小提琴跟着学，那里有很多都是附近居住的贫穷黑人的孩子。二层休息厅摆放着没有漆色的半成品小提琴，音乐家正在耐心地讲述小提琴的构造原理，簇拥在他们身边的有孩子，也有大人，好奇地听音乐家的讲解。

音乐大厅的舞台四周和上空，布满白黄两色的纸气球。其格局和大小，一楼和我们国家大剧院的音乐厅差不多，二楼却要大了许多，梯田式的座位向空间延伸，要多出很多，而且，还有几个古典式的漂亮包厢。那式样，可以依稀看到上个世纪初音乐厅的欧洲风情。

看节目单，从下午两点到六点，有不同的音乐演出。我进去的时候，正是弦乐四重奏。只是这样的演出，有些另类，我头一次见到，舞台上除了四重奏的演员之外，还摆满了椅子，观众可以自由入座，近距离地观赏他们的演奏。人们如水一样在舞台不停地走动，调皮的孩子更是上蹿下跳，有个小男孩干脆跳到指挥台上，手舞足蹈地当起了乐队的指挥。四重奏的四位音乐家，两女两男，其中一位中国姑娘，却旁若无人，依然演奏得格外专业，格外投入，绝非是那种出工不出力蒙事行的"汤泡饭"。

印第安纳波利斯希尔伯特环形剧场

2013.0.25

　　五点整时，是"社区日"的重头戏，印第安纳波利斯交响乐团演奏柴可夫斯基的罗密欧与朱丽叶序曲和勃拉姆斯的第二交响曲。虽然是一场正规音乐会的浓缩版，但曲目的选择，很是经典。这在我们这里交响音乐会的票价一路飙升的情势下，简直难以相信。这里的音乐家，与印第安纳大学音乐学院里的教授把音乐送进社区给普通人一样，在"社区日"这样特殊的一天，将音乐再定义，不只属于所谓高雅与票房，属于少数有钱有闲人，而属于社区普通甚至是贫穷的人民。

　　可惜的是，时间关系，我听不了柴可夫斯基和勃拉姆斯。走出音乐厅，发现大门旁有一个小型的乐队，居然还有室外的音乐会，一直延续到柴可夫斯基和勃拉姆斯的出场。大街上车水马龙的喧嚣声，并未能掩盖音乐声。或者说，音乐声愿意和喧嚣的市声融合在一起，这才是真正的都市之声，是生活中的音乐，或者说是音乐在生活中。

2013年5月4日于印第安纳波利斯

农场日

花花绿绿的，每个小孩子的衣服上都贴着一张彩色纸片，上面写着自己的名字和所在的幼儿园。这一天，来农场的孩子太多，布鲁明顿市附近的幼儿园3岁到5岁的孩子，像撒了欢儿的小马驹，几乎都跑到这里来了。农场边上的牧场，变成了临时停车场，送孩子们来的黄色的校车，和陪孩子来的家长们的私家车，浩浩荡荡的排成一排排，涨潮的海浪一样在绿色的牧场上翻涌。

这一天，是这里的农场日。这个位于印第安纳州门罗郡叫作佩登的农场，已经有150年的历史。一年一度的农场日，都是在十月的金秋季节举行。农场里很多人出动，很多是老人，甚至还有孩子，此外不少是志愿者，为孩子们服务。

农场以库房和仓房为中心的小广场四周，鳞次栉比地排满了各种摊子，是农场四季稼穑和日常生活种种活计的展示，还有最早的烘炉打铁、水泵汲水、一百多年以前老式的马车和农具。库房里则展览着各种新式的农机具，和各种农作物，包括蜂蜜和蜂巢的实物，皮毛与动物的样本，以及奶酪和果酱的现场制作与品尝。四周转上一圈，虽然地方不大，内容却不少，粗线条的勾勒出美国农业发展的历史。

库房外的阴凉下，两位老太太和一位年轻的姑娘在画水彩画，还有一位壮汉在画一幅大幅的油画，画的都是对面热闹的场景和风景。在到

处是一片孩子的喧嚣中，这里显得格外安静，像是布莱希特戏剧中间离效果下的一种别样的景致。他们不动声色的用自己的画笔，为这个农场日留下无声却有色的历史档案。

农场日，从来是孩子们的节日。这一天，农场开辟了它的另一种功能，成为了另一种形式的主题公园。孩子们先要坐上轮式的手扶拖拉机，到农场转上一小圈，拖拉机上铺是厚厚的干草，成为了孩子们的沙发，在秋阳中散发着草香，是在都市里闻不到的味道，让孩子们嗅着鼻子，格外好奇。

颠簸在起伏的田野里，远处是还没有收割的玉米，荷枪实弹的卫士一样，齐刷刷地列阵在蓝天白云之下。再远处，能看见牛群散步在闪闪发光的小湖边，湖水像是田野的眼睛，湖畔摇曳的青草，就是它眨动的眼睫毛。四周是依然绿意葱葱的橡树、栗树和苹果树，和已经叶子变红的五角枫和加拿大枫，还有一种结着苹果绿鲜嫩颜色果子的树，叫不上名字，但那果子很大，圆鼓鼓的，浑身长满了疙瘩，像番石榴，也有点像手雷。农场的人告诉这种果子不能吃，掉在地上，专门能吃害虫。

最让孩子们兴奋不已的，是那些展示农场生活场景的各种摊子，那些从最小的鸽子蛋到鸡蛋鸭蛋鹅蛋鸵鸟蛋，从蜜蜂采蜜到酿蜜的蜂箱到住家的巨大蜂巢，从往枫树上插着管子到燃烧着木棒的大柴锅到枫糖最后的熬出，从棉花结籽到纺纱织布，从玉米脱谷到碾成面到最后做成玉米糕，从苹果下树到苹果汁的榨成……孩子们看得津津有味，不少地方，孩子们可以亲手参与互动，去尝尝玉米糕、喝喝苹果汁，新奇地体验一把农场人与城里人不同的滋味。

那些小鸡小鸭小兔子的摊子前，那些小羊小牛小马驹的围栏前，最让孩子们欢呼雀跃，他们摸摸温顺的小羊小牛小马驹的身子、头和鬃毛，然后喂食给它们吃；他们把小鸡小鸭小兔子捧在自己的手心里，和它们轻轻对视，甚至轻轻的对话。这是和玩电子游戏或新奇玩具完全不同的感觉。而这时，火鸡和珍珠鸡正在他们的四周逡巡，孔雀已经飞上了高高的树的枝头。

住在城市里的孩子们，在这里有了和大自然接触的机会，知道了田野里的很多知识。照我们所说的，这里是孩子们的第二课堂，以及谁知盘中餐，粒粒皆辛苦的古训吧。只是这一切是欢乐中进行的，是在暖烘烘的秋阳中、田野里吹来的风中，和这些活灵活现的农场生活中，进行着的。不知道这些孩子做何等感想，也不知道组织农场日的大人们出于何等愿望，反正这一天有了孩子们的欢声笑语和活蹦乱跳的身影，让农场有了生气；而农场新鲜的一切，让孩子们得到了欢乐。这就足够了。无论孩子还是大人，他们没有我们想得那么多，他们的生活中，觉得追求快乐比追求意义的价值更大，所以，他们比我们生活得简单，却也轻松，而且，比我们少了些急功近利的功利色彩。

特别是，他们这次活动，每个孩子只需交3美元。这3美元，包括了租用校车等所有的开销，显然，农场日，是公益日。

天近黄昏时分，农场日接近尾声。一拨拨络绎而来的孩子们，跟着幼儿园的老师回到校车，热闹将近一天的佩登农场渐渐恢复了平日的安静。各个摊子前的人少了，小鸡小鸭小兔子都显得有些疲惫了，巨大的南瓜上布满了孩子们用彩笔签下的歪歪扭扭五颜六色的签名。库房前的两位老太太和那位姑娘的水彩画画完了不止一幅，那位壮汉的油画也已经画完，正在进行最后的修改。那是一幅农场日的全景，远处的田野、农舍、绿树、田间小径、孩子和近处遍地的金菊花、遍地的珍珠鸡。

2014年10月12日于北京

毕业季

夏末时节，是布鲁明顿最热闹的时候。因为这是印第安纳大学每年度举行毕业典礼的时候。布鲁明顿是依托印第安纳大学建起来的一座城市，人口一共只有六万，大学里的学生就占了三万。这个时候，很多美国学生的父母会带着全家人，大老远的开着汽车，赶到这里参加孩子的毕业典礼。大人们重视孩子的整个毕业典礼，把它当作孩子的成人礼一样看待，看成孩子和自己一起共同的节日。

这几年，来自我们中国的留学生剧增，中国的父母也不甘落后，更是大老远的跨洋过海的来到这座小城，为孩子的毕业典礼助兴。

印第安纳大学和布鲁明顿的旅馆爆满。校园里、大街上、商店里、饭馆中，更是人头攒动，打破了一冬一春的宁静。因为中国留学生的增多，布鲁明顿几家中餐馆里，更是熙熙攘攘，这些新来的学生，尤其是家长，吃不惯美国粗糙的西餐的味道，更喜欢到中餐馆来满足自己的肠胃。新的一家叫作"味道"的中餐馆，正在紧锣密鼓地装修，不过，恐怕赶不上今年的毕业季，只能蓄势待来年了。

那天，我在印第安纳大学附近最大的一家超市里买完东西出来，看见一对四五十岁的中国夫妇。站在超市门前的凉棚里，用手机打电话，说着一口流利的中国普通话。初夏的布鲁明顿，忽冷忽热，天气变化很大，这一天，阳光灿烂，显得很热，看见那一对夫妇满脸是汗，脚下堆

印第安纳大学剧院

2012·5·18

薄熙

着一堆满当当的塑料袋和纸袋，买的东西不老少。上前一打听，是老乡，来自北京，请假专门来这里参加儿子的毕业典礼的、他们连连对我说：没想到这里好多东西比北京便宜，没想到这里的人和北京一样多。

不一会儿的工夫，一辆白色的宝马车开到了他们的面前戛然停住，车门打开，从驾驶的座位上跳下一个带着太阳镜的小伙子，从副驾的座位上袅袅婷婷地走出一位一袭黑色连衣裙的中国姑娘。两个年轻人把堆在地上的东西麻利儿地拿到了后备厢里，这对父母和我打过招呼，钻进后车厢，车嗖的一下，如鸟飞去。按照这一对父母的计算法，这里的小汽车比北京更要便宜，这一辆宝马要四五万美金，合人民币三十万左右。心里不禁暗叹，中国人真的有钱了，或者应该说中国人中真的是有钱的人多了。

又一天，下着蒙蒙小雨。在印第安纳大学的校园里，碰见了一对来自密歇根的美国父母，也是参加儿子的毕业典礼的。他们告诉我，他们来的时间稍微晚了些，布鲁明顿和附近的旅店都早被订满，没有办法，他们只能在哥伦布市的一家旅店里住。哥伦布市，我去过，知道那里离这里有四十多公里，每天往返，是不近的路。他们耸耸肩，表示很无奈，没有想到人会这么多。他们是从密歇根开车出来，先到艾奥瓦州立大学接上刚放假的女儿，是儿子的妹妹，在那里读医学，一起来参加哥哥的毕业礼。典礼结束，他们开车带上儿子和女儿一起回家。然后，暑假结束之前，儿子再回学校料理毕业的后事，打理他自己的衣物书本和一切东西，彻底清空后回家。大学生涯，就算是挥手告别了。

我问儿子有车吗？他们告诉我，没有为儿子买车。和很多美国家庭一样，孩子读大学了，一切需要自己打理，他们希望孩子能够自己独立去处理日常生活的一切。如果需要车，他自己会贷款，以后工作后偿

轻寒未解离歌发 大道临歧感慨生 徐渭诗 FuXinG 2014.6.15.

还。如果不需要，他可以自己应付这一切。

这一对父母说得很平常。车子，不过是日常生活的一个细节，都是身边的琐事，像路旁司空见惯的一朵小花，开与落，再自然不过的了。而不像我们这里，车子成为身份的一种象征，甚至一种炫耀。父母出手阔绰大方，孩子伸手理所当然。

我问那一对父母：孩子那么多东西，没有车怎么拉回家，你们还要再开车来一趟吗？

他们摇摇头告我：孩子会租一辆车的。

事情就是这样的简单。但是，我们的想法和他们的想法，有时候就是这样有距离。就像我，首先想到的是，路途那么远，孩子又一个人，总有些不放心，父母应该开车再来一趟（如果是我自己的孩子，我肯定是轻车熟路的惯性这样做了），而他们则很自然地想到孩子可以自己租一辆车回家。做父母的，不必像个跟包的似的，事必躬亲。

那一刻，我想起了前两天在超市门前遇见的那一对来自北京的父母，和他们开着宝马的儿子。

2014年8月12日于布鲁明顿

母亲节在纳什维尔小镇

在印第安纳州。布朗郡的州立公园是最大的公园了。它里面有茂密的原始次森林，瀑布、溪流、湖泊、跑马场，还有人造的游泳池、网球场、旅店、餐厅和家庭住的小木屋。可以说，吃喝玩乐，一应俱全，是人们休闲的好场所。

那天去的时候，是今年开春以来最热的一天，因为昨夜下了一夜的雨，地上湿滑，植被上和小道上长满厚厚的青苔，以为人不会太多。在阔大而枝叶参天的林中看不出什么，到中午去餐厅吃饭的时候，才发现人满为患，餐厅饱和，订位要等到下午两点以后，而且还不保证就一定有座位。看餐厅前黑板上龙飞凤舞彩色粉笔字，哦，竟然忘记了今天是母亲节，难怪会有这么多人。有先见之明的人，早在公园的绿荫下草坪中，布下了自己带来的餐具、折叠椅、便携式冰箱，里面装满了各种食品和啤酒，准备野餐了。有的人家还特意带来了鲜花，五彩缤纷地摆在公园里专供野餐用的粗大的木桌上。

只好出公园到边上的纳什维尔镇，找餐馆吃午饭。相比周围其他小镇，纳什维尔镇要大得多，也热闹得多。遍布街头的餐馆、咖啡厅和酒吧，也都是人头攒动，满大街上走的一半是母亲。那些被人搀扶着步履蹒跚的母亲，那些坐在轮椅上满头白发的母亲，那些被几个姑娘或小伙子簇拥着的衣着比年轻人还要艳丽的中年母亲，那些领着小孩子，或怀

RUSHING BLOomington.

布朗公园里的野餐，那天是母亲节 2014.5.27.

抱着婴儿、或推着婴儿车的年轻母亲，还有那些袋鼠一样挺住骄傲的肚子，或肚子一时还不那么显山显水的准母亲……似乎布朗郡的母亲们，这一天都倾巢而出，不是来到了公园，就是来到了镇上，进行走秀活动，每一条街道，都成为了展示她们的T型台。

想想，在北京也过过好多个母亲节，好像没有见过这样多的母亲，像是约好了一样，在母亲节这一天都涌到大街上。在北京，母亲节，最热闹的地方是商店，各种促销的活动，借助这一天插上了诱惑的翅膀，让母亲节染上越来越多的商业色彩。在这里，那么多家庭里的母亲，都被孩子们请到大街上。大街成了母亲一条条母亲街。中午的时候，各家是要在餐馆里请母亲吃一顿饭的，其实，也是全家在一起吃饭团聚的机会。所以，各家餐厅里，无论室内还是露天，每个座位都是围坐着一大家子人。母亲是绝对的皇后。

第一批的客人，已经吃过了午饭，我们终于找到了座位。是一家叫作"大树"的比萨店。人们都愿意坐在露天，我们入乡随俗，也坐在露天，可以享受阳光，还可以看街景，对面是一片绿地，两侧是琳琅满目的小店，不停走来走过去的是衣着早已换上清凉夏装的人们，其中不少是母亲。这时候，坐在餐馆里的母亲，看街上走动的母亲，真的是一桩有意思的事情，让人忍不住想起卞之琳那首有名的诗，在彼此的眼睛里都成为了风景。

服务员走过来了，是位墨西哥的小伙子，手里拿着两朵猩红色的玫瑰，先笑吟吟地说了句母亲节快乐，然后把花递给了我们在座两位母亲的手中，所有人脸上都露出了玫瑰一样的笑容。邻座是一大家子人，足有十几位，奶奶孙子，起码四世同堂，热热闹闹，坐在灿烂的阳光下，每个人穿着鲜艳的衣着，每个人像一片颜色不同的花瓣，簇拥着中间一

FUXING 2014.7.

位老奶奶，在这家餐馆里，恐怕是这一条街上，盛开的一朵最硕大最艳丽的花了。

他们先于我们吃完了这餐有意义的午餐，由于是每人一份一整个比萨，那些小孩子根本吃不完，有的盘子里剩下了一多半比萨。今天，他们的家长原谅了孩子们浪费，也宽容了自己的奢侈。他们扔下了这些未吃完的比萨，纷纷走过来搀扶着老奶奶。老奶奶走路一点没有问题，还挺硬朗，走过我的身边时，我起身给他们让道，更是为向老奶奶致意。尽管问女人的年龄不礼貌，但我还是忍不住问了一下老奶奶的高寿。他们伸着手指骄傲地告诉我，九十二！

啊！我惊讶地叫了一声，她一定是今天母亲节这里年龄最大的一位母亲！她让纳什维尔镇这一天有了异样的光彩。我庆幸自己在公园的餐厅没有订上座位，让我没有失去见证奇迹的机会。

2014年5月25日于布鲁明顿

第三辑

胡萝卜花之王

婚礼现场

在美国，看到很多结婚的现场，新娘婚纱白色曳地长裙，新郎漂亮的笔挺西装，伴郎伴娘，还有小伴郎伴娘，都是衣着鲜艳。他们簇拥着，欢笑着，跑着，或像是踏着婚礼进行曲的节奏缓缓地走着，如同盛开并像是长了脚的移动的鲜花，不停地变幻着身后的背景，在很多地方上演着这样童话剧般的一幕幕。

只是，他们的婚礼现场，不像我们这里，一般都是在大饭店，请来婚庆公司专业的婚庆司仪主持。约定俗成，却也千篇一律，连司仪现场口若悬河的串联词，都大同小异，然后，加上热热闹闹吃吃喝喝的趋同性，彼此仿照攀比，让我们飞蛾扑火一般飞行在同一条老路上乐此不疲。

他们的婚礼现场，很多是在教堂。当然，这和他们的宗教信仰有关，而不像我们有的婚礼现场也选择在教堂甚至是外国的教堂，却和信仰无关，只图新潮时髦。引我兴趣的，并不是教堂的婚礼现场，而是他们选择的多样性，不拘一格，随意而富有创意。其中不少是在公园的草坪上，在大学的校园里。曾有些小肚鸡肠的猜想，这大概是费用最便宜的选择了，清风朗月，不用一文钱。但又一想，公园还是校园，满目的花草树木，清香缭绕，纯净自然，是饭店里酒肉香味无法比拟的。婚礼的本意，并不是要异化成简单的一顿吃喝，然后收上份子钱。更何况校

园永远和青春联系在一起，新郎新娘不少刚刚离开大学校园不久，婚礼本身就是青春的盛典，校园的风景，让他们想起曾经的以往，小轩愁入丁香结，幽径春生豆蔻梢；也让他们向往年老时旧地重游的以后，远客岂知今再到，老树犹记昔相逢。

　　在新泽西的普林斯顿大学，在布鲁明顿的印第安纳大学，在纽约的中央公园，在芝加哥的林肯公园和格兰特公园，甚至在印第安纳波利斯动物园的蝴蝶馆后面小花园的草坪上，我都看见过很多对新郎新娘手牵着手，漫步在那里的花草丛中或林荫道上，让花香树影围绕，让蝴蝶蜜蜂簇拥。前面有摄影的人忙着为他们拍照，后面跟着一长溜儿伴郎伴娘和参加婚礼的队伍，像一条蜿蜒而缠绵的游龙。很少有见到人上前去凑热闹围观，大家只是站在远处为他们默默的祝福。再远处，有时还会意外出现有身着古典服装的乐手。

在普林斯顿大学，我就看到一位号手，身穿英格兰古老的服装，笔直地站在那里，为他们吹奏长号送行。那是他们特意请来的，号声悠远而绵长，尾音消失在绿荫之中，仿佛都化为了绿色的精灵，环绕着他们，弥漫在整个校园。那真的是非常美的一幕。

在印第安纳的布朗州立森林公园，我还看到一群年轻人围着一对新人，先是在草地上载歌载舞，酒瓶酒杯，冷拼烧烤，蛋糕水果，散落一地，婚宴如此简单而凌乱。没有任何人做主持，没有任何仪式，除了新娘身穿一身曳地婚纱，新郎西服革履，还有就是所有的小伙子，还有小小的伴郎，都是和新郎一样一色的黑西装，小伴娘穿着洁白的婚纱之外，和一般见到的森林没有什么两样。姑娘们穿的都是和平常一样的漂亮的连衣裙或裙子。对比我们这里见惯的正襟危坐格式化的婚礼，他们的婚礼就像一场PARTY，是那么的世俗、放松、欢乐。然后，他们欢笑着跑向溪水旁，踩着凹凸不平的水中的石头，让新娘新郎站在中间，合影留念。最有意思的是，小伴郎和小伴娘跑在最后，跑到溪水边，无法越过水面跳在石头上，冲着大家吱哇乱叫，而新娘的高跟鞋一不留神踩进了溪水中，惹得大家一起哄笑，成为他们婚礼最好的音响伴奏。说心里话，我还真的没有见到这样地方充满如此野味和欢快气息的婚礼。

他们的婚礼现场，总会有别出心裁，有的还选择在博物馆。我从来没有一次见过在博物馆里举行的婚礼，真的觉得很新鲜。那天，是个周日，在印第安纳波利斯新建不久的漂亮的州博物馆，见识了这样别致的婚礼现场。是在刚进大门的大厅，印第安纳博物馆的大厅非常宽敞，大厅正对大门的里端，大理石的底座上，高高竖立着"YINDIANA"组成的字幕雕塑。雕塑设计得很新颖，金色的字母由下到上逐渐变小，呈金字塔状，把印第安纳州醒目而形象地烘托出来。选择在这里结婚，背景的这几个字母明白无误地告诉一对新人乃至所有的人，这婚礼是在印第安纳州举办的。在别的地方，还真没有这样醒目的标志。

大厅真的很宽敞，字母雕塑前摆满了铺着黑色天鹅绒的桌布和鲜花的圆桌，足有三十多桌。那鲜花，非常别致，都是放在一个蜿蜒细颈的玻璃瓶子里，那形状有些像是放大了的一款香奈儿香水瓶。而且，那鲜花，不是婚礼上一般见到的红色玫瑰，而全部都是蓝色的，有些像蓝色妖姬，但比那种蓝色玫瑰要小巧玲珑，也没有那种蓝色玫瑰妖冶，而是更朴素，更含苞待放，便也越发显得楚楚动人。瓶中浸泡着清水，它们在水里面，像是一条条小美人鱼，等待着有人邀请它们跃出水面，成就一桩美好的童话的实现。

婚礼现场，圣洁的白色中衬托着星星点点的蓝色，和白色中跳跃着红色，感觉不一样。后者火爆热烈，喜洋洋的气氛更加浓郁；前者则内敛一些，含蓄一些，含情脉脉的感觉更显著一些。婚礼现场不同颜色的选择，有着不同民族文化背景根深蒂固和潜移默化的作用。或许是美国没有我们这样悠久的历史文化的浸染，婚俗没有形成自己的传统，才这

天氣好的，艾力奇 格蘭特公园结婚的人很多 FUXING

2013.7.19.

样因人而异，随心所欲，甚至别出心裁，既可以说是百花齐放，有着自己的不同风格；也可以说是乱花迷眼，没有自己固定的章程。不过，这样的婚礼现场，对于我这样在国内看惯了一色红的婚礼而言，倒多少有点儿新鲜感，让我感受到在婚礼的热闹之外的一些温馨。尤其是站在博物馆二楼的大厅里，一楼大厅一览无余，俯瞰着婚礼现场，黑色桌布，白色的椅子，银色的餐具，颜色很是醒目，那一张张圆桌，格外显小，像是一朵朵娇羞的黑睡莲，那一点点蓝色，那一点点银色，像是撒上去的星星点点，透着几分梦幻。

他们的婚礼现场，有的还选择在图书馆。这更是一个很特别的选择，起码在我看来，还从来没有见过这样的选择。美国经济危机以来，政府为公共图书馆的财政投入减少，图书馆为增加收入而开辟婚礼现场空间，为这样的选择创造了客观的条件。但是，要我来说，这真的是一个不错的选择。让书香陪伴婚礼，是剑配鞘、马配鞍、葡萄美酒配夜光杯的绝配。让满架满楼的书籍见证婚礼，是别致却有力无声却有韵律的见证。那里的每一册图书，都是他们的伴郎伴娘，是他们的朋友宾客，是他们的见证人和守护符。

在印第安纳波利斯的公共图书馆，我幸运地见到这样动人的一幕。婚礼在周日下午五点开始，秋日的阳光非常的温暖，透过图书馆阔大的玻璃窗照射进来，折射出七彩的光晕，有些像是从教堂里彩色玻璃窗透射进来的，却比教堂的阳光明亮而灿烂。这个图书馆建的非常漂亮，一楼借阅处前宽敞的大厅，为婚礼现场提供了绝佳的空间。它的一个侧面的墙上有漂亮的浮雕，另一侧则是从天窗垂落而下的一面面装饰用的蓝色旗子，成为了这一天庆祝婚礼的旗子，那样巧合，又那样恰如其分，是婚礼现场从未有过的背景。阳光在旗子上面跳动

着耀眼的光斑，像是活了一样，鱼一样张着无数的小嘴，喁喁地吟唱着无字诗和无声的音乐，为婚礼默默地伴奏。我到的时间还没到五点，婚礼现场还在紧张的布置当中，一台台圆桌上铺上白色的桌布，主席台也铺着白色的地毯，幕布也是白色的，台前的气球也是白色的，花朵也是白色的，四周用白色的镂空枝型的装饰雕栏围起，一切都显得那么的圣洁，犹如白色的圣诞。

美国的婚礼现场，真有些五花八门，甚至有些无孔不入。还是在印第安纳波利斯，还是同一天，不过是在晚上，一对黑人新郎新娘的婚礼，居然在市中心的一个MALL里举行。这个MALL很大，二楼有一道封闭的空中走廊，连接着下面两条古老的街道。婚礼现场就在这个空中走廊里。两侧的窗户映彻着灯火璀璨的街景，走廊的尽头是琳琅满目的橱窗和川流不息的人群。空中走廊外喧嚣的市声，走廊内来来往往纷杂的脚步声，环绕立体声一般，荡漾在婚礼现场，他们似乎图的就是这份热闹与嘈杂劲儿，不图一般婚礼的庄严神圣，而愿意将婚礼拉下神坛，和世俗拥抱。

最有意思的是，隔一条街，便是市中心的广场，高高的士兵水手纪念碑前的台阶上，站着合唱团的人群，露天音乐会就要开始。当一队一律身穿玫瑰紫的裸肩长裙的黑人姑娘，和一律黑色西装的黑人小伙，簇拥着一对黑人新人，穿过人流如鲫的街道，爬上这空中走廊的时候，广场上的合唱曲正在响彻云天的唱起，荡漾在这座城市的夜空。

还有比这更荡气回肠的婚礼进行曲吗？

2015年1月10日写毕于北京

美国蓝领

在美国，如果不是特殊的场合，比如宴会，所有人都会穿得正式，生活的一般情境中，蓝领和白领，还是一眼就能够看得出来的。只是，不像我们这里，有时候会对比或对立得那么醒目，甚至触目惊心。

有一次，来了两个美国白人，为我住的地方的露台刷漆。那一阵子，天总下雨，他们这活儿足足干了两个来月，三天打鱼两天晒网，没看他们俩怎么着急。好容易刷完了一遍漆，没等干，天又下雨了。只好再等。他们就像守株待兔的猎人，总是在天晴的时候，扛着猎枪——开着车来了。有时候，家里没人，他们也来，径自到露台上干活，干完了活儿，把露台收拾干净，再开车回家。

这两个工人，三十多岁，人高马大，干活儿不紧不慢，边说边笑，连玩带干，好像是约好了到露台上聚会聊天，就差一杯啤酒了。真的是惬意得很。

稍微熟悉一些了，我知道他们都是当地人，从小在这里长大，父母都在印第安纳大学工作，其中一位的父亲是大学里的教授。但他们两人不怎么爱读书，中学毕业后就当起了蓝领，然后娶妻生子，生活半径就这么大，连印第安纳州都没出去过。在美国，蓝领的收入，一般和在大学里初当老师的收入差不多，生活过得不错，甚至有滋有味。他们和他

们的父母也没有感到颜面尽失，那么的不可接受。

不过，我这里的活儿，他们两人哩哩啦啦干了两个月，挣到的钱能养家吗？他们告诉我，他们还干别的。也就是说下雨天干别的活儿，不下雨了，就来我这里刷漆。不能说是按下葫芦起了瓢，一天忙得脚打后脑勺，却也是闲不着。他们倒是知足常乐，自得其乐，没有我们这里常见的蓝领一天到晚奔命那样苦哈哈，当然，也没有我们这里有的蓝领那样励志，像北大的那位保安偷偷在北大上课混个文凭，然后鲤鱼跳出龙门。

有一次聊起天来，他们告诉我，他们两人最大的愿望是攒够钱买一辆大摩托车。我知道，他们说的那种大摩托车，开起来震得满街轰轰直响，一般是年轻人骑着它，后面带着情人去越野，去兜风。那感觉，如烈马扬鬃迎风驰骋，很爽。那种大摩托车一辆最少四五万美金，比他们现在开的车贵很多。这就是他们的梦想，简单如一条线，而我们的蓝领的生活线条已经被折磨得密如蛛网，斩不断，理还乱，弄得线头太多。当然，我们可以说，他们的梦想那么渺小，却又那么实际，纯朴得像他们已经不再年轻的笑；鲜亮而温暖，如他们在露台上刚刚刷下的新漆。

有一次，我住的地方要修理窗户和房门，外带检查屋顶。后两项好办，窗户要换零件，但当初卖窗户的公司早已倒闭。来了一个小伙子，三十多岁，也是人高马大，眉目爽朗，不苟言笑，说话干脆利落，说他要上网查一下看能不能在别的公司买到相同或相似的零件。过了好久，他来电话说查到了，可以买到，然后说了报价。又过了一些日子，他来量了餐厅一扇窗户的尺寸。又过了一些日子，他来换这扇窗户的零件，窗户修好了。又过了一些日子，他又来了，是中午，拿着卷尺和笔记本，楼上楼下地下室，把所有的窗户的尺寸都一一量好，记在本上。然后，等他上门干活。等了一个多月，没见声响。好像他把这事忘了。

一直等到前几天，他终于来了，带着四五个工人，开着四辆车，浩浩荡荡地来了。他在房前的绿地上先插上一块牌子，上面写着公司的名字：霍华德——也是他自己的名字——和联系电话。这是正式开工的标志。原来他是整个公司的老板，其实，就是我们这里所说的包工头。他带来的这几个工人都是墨西哥人，他先带着他们用塑料布把房间里所有家具罩好，然后手把手教会他们更换零件修好一扇窗户后，放手让他们修另外十几扇窗户。他既是老板，也是师傅，他带着这几个工人，都是生瓜蛋子，他要教他们干活，然后养活自己。这样的公司，和我们这里见过的包工队没有什么两样。

这天下午，一辆厢式大货车开来，运来要更换的门。一揽子活儿，他安排得很紧凑，像一个运筹帷幄的导演，三一律，让所有的角色集中出场。当然，换门的活儿，也得是他亲自干，那几个工人在一旁看，等待着下一次换门的实践。

第二天，他没再来，那几个墨西哥人开着车，搬下梯子爬上房顶，一天的师傅的教授，他们就可以独当一面了。其中一个墨西哥人带来他的儿子，十来岁，正是暑假，儿子没上学，跟着父亲来玩，还帮助干活儿。他口中不时哼着小曲，没有了工头，看得出他们放松了很多。我和他聊起天，他的英语和我一样的烂，他先问我是中国人吧？我说是，然后他笑着说：很多人看我说我像中国人。我说你确实很像。他说但我和我老婆都是墨西哥人。然后，他呵呵笑起来。

从他们的工头霍华德第一次来看窗户，到最后干完活，过了春天

一个季节和半个夏天。我很奇怪，这么干活儿，他能挣到钱吗？从这个墨西哥人的嘴里，我知道了，他们同时还有不少活儿在交替进行。他们公司的活儿已经安排到今年年底了，下半年有一家别墅和一家酒窖的整体的改造和装修的大活儿在等着他们呢。他们的整个霍华德工头，还真的有点儿运筹帷幄的本事，沙场秋点兵一样，把一年的活计安排得头头是道。

虾有虾道，蟹有蟹道，美国蓝领和白领各有各的活儿，各有各的乐儿。我想起我的一个中学同学，上个世纪八十年代初来美国，和别的同学不同，他没有去读大学然后做一个白领，而是选择当一个蓝领，做了一名水管工，现在小石城还在干活儿。他干得和别的同学一样快乐，去年回国，绕北京城转悠，不买别的，买了一把二胡带回来，自娱自乐，给生活添点儿色彩，也给自己添点儿乡音。和我们的蓝领相比，他们有他们的烦恼，但没有我们的那么多，那么深，那么的不可逾越。

2014年7月17日于布鲁明顿

女人和蛇

欧文小镇是印第安纳州一个非常小的袖珍小镇，之所以出名，是因为这里有温泉。一百多年前，一位德国医生就是冲着温泉买了一块非常大的地，建立起一座疗养院。岁月沧桑，世事更迭，如今这里成为了一座州立公园。

来到公园，才知道公园占地面积非常大，森林资源丰富，远不止温泉。如今的人们在公园里建了一座自然中心，其实就是一座小型的自然博物馆。这是一座莱特式的现代建筑，里面展览这里独有的矿物、树种、花草、动物等历史和标本，还有活物。活物中最多的是鸟、乌龟和蛇。

正是中午，乌龟和蛇正在午餐。我第一次看见乌龟和蛇吃东西，它们被迁出展柜，被放在很大的塑料箱中。乌龟吃小鱼，还可以理解，蛇居然也吃小鱼，真的难以想象。蛇吃小鱼，伸出蜿蜒的脖子，吐出长长的芯子，在一瞬间就完成了进餐的整个动作，那劲头颇像壁虎捉虫，非常好玩。

我和孩子们正在围着箱子看蛇吃小鱼，一位身穿工作服的老太太走了过来。她告诉我们，这条蛇今天已经吃了十几条小鱼了，刚才是它吃的最后一条小鱼。说着，她弯腰蹲下来，将手臂伸进箱子里，把那条蛇拿了出来，对我们说：你们可以摸一摸它，它很听话，不伤人的。那

印第安纳 欧文小镇的自然中心　　　　　RUXING 2014·4·27·

条蛇足有七八米长，碗口那样粗，顺着她的胳膊，像是电影里的慢镜头一样，缓缓地蜿蜒着，舒展着身子，蜷伏在她的胸前。那样子显得很温顺，但我没敢去摸，倒是孩子们兴致勃勃的跃跃欲试，引起欢快的笑声，蛇见多不怪，不动声色地依偎在老太太的胸前。

老太太接着告诉我们，这条蛇是十年前她在展览馆门口看见的，它像是要爬进展览馆，按照我们的话说就是缘分了。老太太弯腰抱起来了它，一直养到了今天。说着，她走到展柜前，把蛇放了进去，又引我们站到展台前，打开一本画册，翻到有一条小蛇的那一页，说这就是十年前拍下的照片。

十三年，她将一条小蛇养大成一条蟒蛇一般粗大。并不是所有的蛇都是伊索寓言《农夫和蛇》里的蛇，这条蛇通人性，十三年朝夕相处，和老太太成为了好朋友。这应该是人和大自然的关系。老太太笑着告诉我们，这条蛇特别有趣，最爱闻巧克力的味儿，虽然它并不吃巧克力。

有一次，在喂它食吃的时候，她刚刚吃了一块巧克力，被它闻到了，蛇的嗅觉特别灵敏，以后只要你一吃巧克力，它老远就能闻得到，就会显得很兴奋，向你爬过来。而且，以后几乎每一次再喂食的时候，它都要你张开嘴，看看你嘴中有没有巧克力。那样子，就像一个孩子。

老太太是一个心直口快爱说话的人。也许，是整天和这些不说话的动植物打交道闷得慌吧，她渴望和人交流。不过，这只是我带有偏见的猜度，很快就被她的话所打破。她好像猜透了我对她的揣摩，告诉我们她自己的经历。原来她是从小在这个小镇上长大，考入大学，学的航天工程，硕士毕业之后，有一份很不错的工作。但是，大概是这里独特的自然环境对她的影响至深，她爱的是这里的森林和森林里的动植物，于是她常常会到这个自然中心里来，开始当志愿者，一当当了十多年，人家看她确实是想到这里来工作，就把她接受为正式的工作人员。她高兴地说，这是她最愿意做的工作。一个人，一生中能够有一个理想的爱人，有一个美满的家庭，有一份自己愿意做的工作，就是最幸福的了。

当我听完老太太这番话，对她刮目相看。如今，对幸福的认知已经五花八门，并不是什么人都能够如她一样，舍弃优越的工作而在一个小镇当一个自然中心的工作人员，单调而寂寞地对待她的那些乌龟和蛇的。

想起一辈子写森林大自然的俄罗斯作家普列什文曾经说过的话："世界是美丽非凡的，因为它和我们内心世界相呼应。"他在这里说的第一个"世界"，就是森林和大自然，有了这个大世界，我们内心的小世界才有可能会形成。

他同时又强调，"一个人是很难找到自己心灵同大自然的一致的。"他在这里强调的"很难"，是指的如我一样的一般人，但他和这位老太太却属于心灵和大自然相呼应相一致的人。

FUXING 2014·9·20朱鲁明绘

临离开欧文小镇的时候，取了一份介绍小镇的册页，那上面居然和我们的城镇一样，爱用宣传口号为自己立言：Sweet Woen。想想，这个sweet，用在这位老太太身上，倒也真合适。这个sweet，对于她是甜蜜，更是幸福。

2014年5月27日记于欧文小镇

胡萝卜花之王

一年前，我就见过这个男孩。那时，他总是在布鲁明顿市中心的农贸市场里唱歌。这个农贸市场每周六日上午开放，附近农场的人来卖菜卖花卖水果，很多城里人愿意到这里来买些新鲜的农产品。他总是选择周六的上午站在市场的一角，抱着把吉他唱歌。

那时，他总是唱鲍伯·迪伦的歌，每一次见到他，他都是在唱鲍伯·迪伦，他对鲍伯·迪伦情有独钟。只是，那年轻俊朗像是大学生的面孔，光滑如水磨石，阳光透过树的枝叶洒在上面，柔和得犹如被一双温柔的手抚摸过的丝绸，没有鲍伯·迪伦的沧桑，尽管他的嗓音有些沙哑，并不像一般年轻人的那样明亮。心里暗想，或许他喜爱鲍伯·迪伦，但他真的并不适合唱鲍伯·迪伦。他应该唱那种爱情或民谣小调。如果他爱老歌，保罗·西蒙都会比鲍伯·迪伦合适。

不过，听惯了国内各种好声音比赛中歌手那种声嘶力竭或故作深情的演唱，他更像是自我应答的吟唱，心很放松，很舒展，如啼红密诉，剪绿深情的喃喃自语。他不做高山瀑布拼死一搏的飞流宣泄状，而是溪水一般汩汩流淌，湿润脚下的青草地，也湿润梦想中的远方。他的歌声让我难忘。

今天，他再次出现在我的面前，依然站在布鲁明顿的农贸市场上，站在夏日灿烂阳光透射的斑斓绿荫中。和去年一样，他穿着牛仔裤和一

嚼着一朵花之王的男孩

2014. 6. 22.

件蓝色的圆领体恤，脚下还是穿着高腰磨砂牛仔靴，好像只要到了这个季节他家里家外一身皮，只有这一套装备。他的脚下，还是那把琴匣，仰面朝天地翻开着，里面已经有了人们丢下的纸币和硬币。那一刻，真的以为时光可以停滞在人生的某一刻，定格在永远的回忆之中，歌声和吉他声，只是为那一刻伴奏。

但是，琴匣边的另一个细节，立刻告诉我逝者如斯，一年的时光已经过去了，人生可以有场景的重合，也可以有故人的重逢，却都已经物是人非。那是一叠CD唱盘，我蹲下来看，上面有醒目的名字"BlueCut"。他已经出唱盘了，每张5美金。站起身，禁不住仔细端详他，发现他比去年胖了不少。想起去年还曾经画过他的一张速写，把他的人画矮了些，他人长得挺高的，去年像一个瘦骆驼，今年已经壮得如一匹高头大马。

有意思的是，他不只是抱着那把吉他，脖颈上还挂着一个铁丝托，上面安放着一把口琴，成为了他的吉他的新伙伴，里应外合，此起彼伏。而且，今年他唱的不是鲍伯·迪伦，而是美国组合"中性牛奶旅店"的歌。这支乐队上个世纪九十年代中期成立，然后解散，去年又重新复出，颇受美国年轻人欢迎，他们的音乐浅吟低唱、迷惘沉郁，洋溢民谣风，歌词更是充满幻想和想象力，处处是象征和隐喻。更有意思的是，站在他前面不远处，有一个和他一样年轻的姑娘，身穿一袭藕荷色的连衣裙，一直笑吟吟地望着他唱歌，那目光深情又如熟知的鸟一般，总是在我们几个听众和他之间跳跃，无形中透露出她的秘密，我猜想一定是这个小伙子的女友或恋人。我想起这支"中性牛奶旅店"曾经唱过的歌："我们把秘密藏在不知道的地方，那个曾经爱过的人你不知道她的名字。"在去年他可能不知道她的名字，今年，他知道了。他的歌声便比有些忧郁的"中性牛奶旅店"多了一些明快。

一年过去了，总会有很多故事发生。禁不住想起罗大佑歌：流水带走光阴的故事，改变了一个人。不仅是光阴改变了一个人，歌声也改变了一个人，一个人也可以改变自己的歌声。他从鲍伯·迪伦变成了"中性牛奶旅店"，一下子从上个世纪的五六十年代，飞越到新世纪。

我们点了一首歌，请他唱，还是"中性牛奶旅店"的歌：《胡萝卜花之王》。他换下脖颈上挂着的口琴，弯腰向身边的一个袋子，我看见里面装的都是大小不一的口琴。是他的"武器库"，除了吉他，他的装备多了起来。他换了一把小一点儿的口琴，开始为我们演唱《胡萝卜花之王》。这是一首关于爱情和成长的歌，青春永恒的主题。在口琴和吉他声中，头一段歌词像在显影液中轻轻地洇出来："年轻时你是一个胡萝卜花之王，那时你在树间筑起一座塔，身边缠着神圣的响尾蛇……"嗓音还是以前那样有些沙哑，却显得柔和了许多，像是有一股水流淌过了干涸的沙地，让沙地不仅绽开胡萝卜花，也绽开星星点点的其他野花，还有他的那座神秘的塔和那条神圣的响尾蛇。

我往琴匣里放上5美金，买了一盘他的"BlueCut"。他和那个身穿藕荷色连衣裙的姑娘一起对我说了声谢谢。告别时问他是不是印第安纳大学的学生。他点点头说是印第安纳大学音乐学院的学生。我问他学的什么专业，他说是古典音乐。然后不好意思地笑了。身边的姑娘也笑了起来。这没什么，古典音乐不妨碍流行音乐，以前"地下丝绒"乐队的鲁·里德和约翰·凯尔也是学古典音乐的。

回家的路上，听他的这盘"BlueCut"。由于是在录音棚里录制的，比在农贸市场听的要清晰好听，第一首歌，简单的吉他和口琴伴奏下他那年轻的声音，尽管有些沙哑，却明澈如风，清澈如水。还有

什么比年轻的声音更让人能够在心底里由衷地感动的呢？一年的时间里，他没有让年轻的脚步停下来，他也没有如我们这里的歌手一样疯狂地拥挤在各种电视好声音的选秀路上，只是选择了这样一条寂寞却清静的路，课时在音乐学院学习，业余到农贸市场唱歌，有能力出一张自己的专辑，不妨碍歌声传情捎带脚谈谈恋爱。只不过一年的时间，却让我看到了青春的脚步，成长的轨迹。尽管，肯定有不少艰难，甚至辛酸，但哪一个人的青春会只是一根甜甘蔗，而不会是一株苦艾草，或一茎五味子，或他唱的那朵胡萝卜花呢？想想，倒退半个多世纪，1957年，在一辆黑羚羊牌的破卡车的后座上，他曾经喜爱的鲍伯·迪伦，那时和他一样年轻的年龄，不是从家乡北明尼苏达的梅萨比矿山，穿过印第安纳州，昏沉沉地坐了整整一天一夜二十四小时大卡车，去纽约闯荡他的江山吗？说青春是用来怀念的，只是那些青春已经逝去的人说的话；青春是用来闯荡的。

车子飞驰在布鲁明顿夏日热烈的阳光下。车载音响里响起"BlueCut"中的第二首歌，是女声唱的，不用说，一定是一直站在他身边的那位藕荷色连衣裙姑娘。青春，有艰难相陪，也有爱情相伴。那是他的胡萝卜之王呢。

2014年6月23日于布鲁明顿

早市上的组合

在国内买菜一般都会到自由市场去，我们这里称为"早市"。在美国，也有这样的"早市"，一般开在周六和周日的上午。都是附近农场的农民将自己田里种的蔬菜、水果、肉蛋，自己做的面包、点心、果酱和蜂蜜，拿来卖。也有一些手制的工艺品。每家一个摊位，上置凉棚。热热闹闹的，和国内很相似。只是有一点不同：在国内的"早市"上的东西都比超市的要便宜，这里却要卖得比超市贵，原因就是直接从田间而来，东西新鲜，没有污染和转基因。.

几乎在美国所有的早市上，都有一个传统，除了卖东西的之外，还有唱歌的。在布鲁明顿，自从我第一次去早市，就看见不止一位唱歌的，有老有少，有男有女。有一个有帐篷有舞台有麦克有音响设备的正规演唱者，也有随地而唱的歌手，在地上摆个打开的琴匣，或扔个帽子，为收钱用，但不管有钱没钱，有人没人，他们都在那里尽情而忘我的唱着，不问收获，只管耕耘。

印象很深的，是在那里碰见几回一对年轻夫妻（或是情侣）在唱歌，他们的选择在同一个地方，这个地方在早市的中心位置，四周被摊位所包围，留下一个小小的空场。女的穿着一件跨栏背心，露出小麦色健康的臂膀，男的穿着牛仔格子衫，张扬着一头金色的头发和金色的长胡子。他们都手抱着一把吉他，男的脚下敲着鼓，鼓箱上用一个细线系

着一个气球，就那么对唱或合唱或二重唱。他们的吉他盒前，摆着一
张卡纸，上面写着"WildFlower"。野花组合，这真是一个有意思的名
字。在我们这里，绝对没有人敢起这样的名字，因为很容易让人想起
"家花没有野花香"，进而看到这样一对男女青年，想起"野鸳鸯"之
类带有贬义的词。但他们只觉得"野花"象征着野性而无拘无束的自由
和力量。

　　"野花组合"，是布鲁明顿早市上一道风景，驻足听他们唱歌的人不少。我想听歌的人肯定不是因为我的好奇和浮想联翩，而是他们唱得确实不错。他们的歌和他们的名字一样，自由的风一样，随风飘荡，随遇而安，吉他声、鼓声和歌声，混杂一起，在早市上尽情荡漾。如果碰见有小朋友在听他们唱歌，他们会把系在鼓箱上的气球解下来，送给孩子，然后再吹起一个新气球，重新系在鼓箱上，飘荡在半空。

　　"野花组合"，让我想起了另一个组合，那是我住在新泽西的时候，在靠近普林斯顿不远的西温莎小镇，也有一处这样的"早市"。它是利用树林间的一片空地。车子停在树林外，"早市"被绿树环绕，自成一体，仿佛一个林中的童话一般，让那些瓜果菜蔬在那里面盛放姹紫嫣红的舞会。

　　我常去那里买些新鲜的蔬菜和水果。这里的"早市"，和布鲁明顿的早市一样，辟出一块地方，搭上帐篷，装好麦克和音响，作为专门的音乐演出地。和"野花组合"这样的自由歌手或流浪歌手不一样的是，一般都是请来当地的民间乐队和歌手。这项活动，由当地银行负责出资资助。不知花费多少，应该不会太大，因为只需要搭一个帐篷，配一套音响。乐队和歌手大多属于自娱自乐。

　　和布鲁明顿还有一点不一样的是，这里演出场地前面，一左一右，也搭起了两个帐篷作为凉棚，摆上几把椅子，供观众坐下来听。不过，很多人，尤其是孩子，更愿意席地而坐，听他们演唱。

　　这似乎已经形成了传统，每一次来，我都能看见不同的面孔，听到不同的音乐。这里的面积大约和我们在国内一般见到的中等规模的"早市"相差不多，由于有四围树木环抱，比较拢音，到处便荡漾起音乐的声音，无论卖主还是买主，心情都会随音乐而轻松而好起来。音乐也给这些花花绿绿的菜蔬水果伴奏，仿佛这些东西能够随之跳起舞来，有个好卖相，卖个好价钱。

有一次，看见的两男一女，坐在那里弹唱，三位都弹着电吉他，坐在右边的这一位男的弹贝斯，左边的女的边弹边唱，有时候，中间弹吉他的男的也和她二重唱。看他们的年纪都是六十多岁了，如此大的年纪，还跑到这里演唱，并不多见，格外引我注意，便坐在旁边的凉棚下听了起来。

他们唱的都是民谣老歌。嗓音并不特殊，但很投入，很放松，味道有些像保罗·西蒙，特别是保罗·西蒙的那首《斯镇之歌》。有一种来自田野间芫荽、鼠尾草、迷迭香和百里香的味道，即使歌词并不能听得太懂，却让人感到很亲切，仿佛在和你叙家常，诉说他们的回忆，美好而清新。一曲听罢，我热烈鼓掌，还不管他们听懂听不懂，用中国话大声向他们叫：再来一个！他们好像听懂了一般，向我笑着，接着又唱了一曲。

这一曲唱罢，我走过去，和他们闲聊，我称赞他们唱得好，并问他们唱了多长时间了。他们告诉我从年轻时候就唱，退休之后，组成了这个组合，并向我指指他们脚下的一个牌子。我才发现牌子上写着"泽西组合"几个黑体的英文字母。接着聊，知道他们三人都来自泽西镇，女的和坐在中间弹吉他的男的是一对夫妇，贝司手是他们的老朋友，专门请来的。平常的日子，三个人也常常聚在一起自弹自唱，让日子过得有些音乐的味道，而不只是柴米油盐和瞌睡打鼾或者电视里插科打诨的味道。

忍不住想起我们很多退休的朋友，寻找到唱歌的方式来打发寂寞、消磨光阴、疏解心理、抒发怀旧之情、丰富生活情趣，和他们的选择，

几乎是殊途同归。不分国界，音乐是晚年心情最好的入口和出口，乃至
发泄口。稍稍不同的，是我们极其愿意聚集一起，震天动地的大合唱。
在北京，天坛公园、北海公园等好多公园里，都会看到退休的老头老太
太们聚在一起大合唱。而在美国的公共场所里，我从来没有见过这样壮
丽的景观。

还有一点不同，由于我们缺少民谣的传统，其实，这样说也不准确，我们的民间音乐也非常丰富，只是新中国成立以来，除了王洛宾等人有过真正意义的搜集和整理，真正传唱开来的民谣并不多。因此，在公园大合唱里，听到的只是少得可怜的民歌，大多是五六十年代曾经风靡一时如电影《英雄儿女》插曲"烽烟滚滚唱英雄"那样气势不凡的"大歌"，或者是所谓的"红歌"。于是，我很少能够听见如"泽西组合"这样地道的民谣，这样自吟自唱的个体抒发。或许，这就是我们和他们的不同吧，无所谓优劣，只是民族特点不同，所经历的历史不同，音乐渗透进各自的生活不同，选择的方式自然也就不同。音乐，有时候像是一种传统很悠久的香料，注定了我们的口味、胃口，乃至整个饮食习惯的形成和选择。

时近中午，我离开这个"早市"的时候，回过头来，看见他们还坐在那里，一脸汗珠淋漓的在弹唱。无人喝彩，他们也旁若无人。

"野花组合"也好，"泽西组合"也好，都是普通人自娱自乐的一种组合，也可以说是找乐儿的一种方式。之所以说起布鲁明顿的"野花组合"，又想起了新泽西的"泽西组合"，是因为他们一个是属于年轻人，一个属于老年人，呈人生两种样态，却一样可以寻找到属于各自的快乐方式和快乐之地。有意思的是，这个快乐之地，他们英雄所见略同，共同选择了早市。这应该是普通人物美价廉的最好选择，就像我们这里爱唱歌跳舞的大爷大妈们，愿意选择的地方是广场和公园一样。

2015年1月6日改毕于北京

万圣节的南瓜

万圣节前夕，我住的社区，家家门前都早早地摆上了南瓜。各家有各家的风格，那南瓜摆的都非常有意思，有的从路边一直摆到门前，仪仗队欢迎客人似的；有的在每个台阶前放一个南瓜，步步登高；有的则左右对称；有的则在南瓜上雕刻上笑脸，做成南瓜灯，迫不及待在迎接节日的到来。

在我看来，世界上许多节日都日渐失去了民俗的本意，而成为了一种休闲娱乐的方式。万圣节，在美国更成为了孩子们的节日。因为这一天，身穿万圣节各式各样服装的孩子们，可以兴致勃勃地叩响各家的房门，向那些平常并不熟悉甚至根本不认识的邻居们讨要糖吃。而各家都准备好了各色糖果，等待孩子们的到来，一起创造并分享这种欢乐。各家门前的这些南瓜，就像圣诞节的圣诞树，是节日的象征，只不过圣诞树一般是放在家中，而南瓜则是放在屋外的。于是，南瓜便也就有了节日共享的意味，颇有些像我们春节的花炮，燃放起来，大家都可以看到，共同欢乐。

那一色黄中透红的南瓜，在万圣节前夕，是那样的明亮，给已经有些寒意的初冬天气带来暖意。

唯独有一家人家的房前，没有放一个南瓜。在整个社区显得格外醒目。仿佛一串明亮的珠子，突然在这里断了线，珠子串不起来了。

每天散步，路过这家门前的时候，我的心里都有些怅然。这是一座很大的房子，门前有拱形的院落和左右对称的院门，院门旁各有一株高高的海棠树，连接这两座门的是一座半圆形的花坛。看院子这样气派的样子，这应该是一户殷实的人家，大概不会买不起几个南瓜，在超市上三个大南瓜只要十美金。心想要不就是因为忙，一时顾不过来去超市买南瓜。

又几天过去了，马上就到万圣节了，这家门前还是没有一个南瓜。门前的海棠树结满红红的小果子，花坛却没有一朵花在开放了，秋风一吹，院落里落满凄清的树叶，也没有打扫。我有些奇怪，便向人打听，这是怎么回事呢？这样的情景和节日太不相吻合，和这样气派的房子也不大吻合。

有人告诉我，这家的主人是位医生，犯了不知什么案，被判了刑，关进监狱。这座房子被银行收走，他的家人只有在这里住一年的权限。我从来没见过这家的女主人，只见过他家有两个男孩子和一个女孩子出入，年龄都不大，两个男孩子像是中学生，妹妹小，大约只上小学。心里也就多少明白了，家里缺少了主心骨，大人孩子过日子的心气也就没有了，再好的房子和院子也就荒芜了。况且，缺少家庭主要的经济来源，三个正上学的孩子都需要花销，过日子的局促，自然顾不上了南瓜。心里不仅替这家人惋惜，尤其是替那三个无辜的孩子，大人们做事情的时候，往往忽略了孩子的存在。但凡想想自己的孩子，做事情的时候也该会让自己的手颤抖一下吧。

那天下午，我的邻居家的后院里忽然响起了锄草机的轰鸣声。这让我很奇怪，因为邻居的锄草很有规律，都是在周末休息的时候，怎么还没有到周末，而且人也没有下班，怎么就有了锄草的声响呢？我走到露

台上去看，发现是那家医生的两个男孩子在锄草。他们开来一辆汽车，停在院子前，猜想是他们拉来了自己的锄草机，帮助邻居锄草，挣一点儿辛苦钱。同时，也猜想是邻居的好心，让这两个孩子挣点钱去买万圣节的糖果和南瓜。

我的猜想没有错。黄昏时候，邻居下班，我问了他们，这是一家印度人，他们腼腆地笑笑，证实了我的猜测。同时，他们还告诉我，这个社区里很多人都知道他们家的事情，都像他家一样将锄草的活儿交给了这两个读中学的孩子。他们不愿意以施舍的姿态，那样会伤孩子的自尊心，他们更愿意以这样方式帮助孩子，让他们感觉自己像成人一样，可以自食其力，可以为家庭分忧，给母亲和小妹妹一点安慰。

果然，第二天，这家医生的门前摆上了南瓜。是三个硕大无比的大南瓜，大概是三个孩子每人挑选的一个中意的南瓜。每个南瓜上都雕刻上了笑脸，布鲁明顿明亮阳光的照耀下，那三张笑脸笑得非常的灿烂。

2013年11月8日 于北京

雨笔直笔直下着

在美国，无论住在什么样的社区里，都可以见到中国人，尤其是中国的老人。那一天傍晚，在社区里散步，碰见一对老人，和我岁数相差无几，推着一辆婴儿车，是那种双人婴儿车，专门为双胞胎准备的。远远地打过招呼，我上前去看，是一对龙凤双胞胎，四只小眼睛水灵灵地望着我。我忙向两位道喜。他们却没有想象的那种喜悦。按理说，是应该高兴的事情才对，我有些奇怪，隐约觉得有故事存在，又不好细问。

和我一样，老两口也是从北京来的。两位老人都不是那种健谈的人，老奶奶话还多一些，老爷子基本是个扎嘴的葫芦。我和他们东扯葫芦西扯瓢地闲聊，知道他们比我来美国的时间早一些，已经半年多了，孩子给他们办理了延长签证，可以再住半年。半年之后，两个小家伙就快一周岁了。显然，和我一样，也和大多数来美国的中国老人一样，都是为孩子照顾下一辈的。

聊了一会儿，天忽然落下几滴雨点儿，老爷子先说得赶紧回去了，老奶奶临走转过身来对我说：家里还有一个呢！她说话的神情显得很不好意思，嘴里一咧，苦瓜似的苦笑了一下，又补充一句，头一个是女儿，本想再生个男孩，谁想来了这么一对。我忙对他们老两口说：您家多好呀，多子多福。老爷子说了句：什么多福，多受累！我又说：别人家想要还要不来呢！可能这样的话听得太多，老奶奶连连摆手说，享多

大的福，受多大的累！说着，雨点儿密了起来，老两口推着婴儿车紧赶
着往家一路小跑，很快背影消失在细雨蒙蒙中。

　　和新泽西华人密集的地方比，印第安纳的华人没有那样多。社区里
中国人不多，有限的几家中国人，很快就彼此熟悉起来。后来，我和这
一家的孩子也熟络了，都是北京名牌大学硕士毕业，然后来美国名牌大
学读博士，拿到博士学位后，留在美国工作，一路可以说顺风顺水，是
两家人的骄傲。和很多中国的留学生一样，都是女方在读书的最后一年
把孩子提前生下来，不影响毕业后找工作；也和很多中国留学生一样，

都希望有两个孩子，一般第二个孩子选择在工作几年后再要。雷同化的生活轨迹，雷同的生育模式，仿佛约定俗成，好像教科书。

这后一点，和在中国的年轻人的生育观很不相同，虽然都是同龄人，生存的背景不同，导致很多人生的选择不尽相同，就和环境不同植物的选择不同一样，沙漠里的植物都变成了仙人掌。在中国的年轻人，一般都是要一个孩子就够了，即便新的政策允许生第二胎，也很少人去选择。我在美国遇到的中国留学生，一般都会要第二胎，这和他们远离家人，独处国外有关，身边只有一个孩子，确实显得孤单，有两个孩子，长大以后彼此有个亲人做伴。

这样的心理，做家长自然最为理解不过。只是孩子往往会忽略，读完博士再工作几年，时间熬得他们的父母无可奈何的变老，搭把手可以，倾尽全力有些勉为其难。一个小孩子可以带，两个也可以带，三个，真的是有些龇牙花子了。

那一天，这一对年轻人新买了一台烧烤机，请我去他家吃烧烤。我进门时，老两口正从楼梯上下来，一个人的臂弯里抱着一个婴儿，没有一只手得空可以扶楼梯，只能小心翼翼地下楼。儿子在楼下叫唤：小心！然后，转身告我：楼梯还没来得及安地毯，前两天来了客人，没留神下楼时脚底下一滑，从上面摔了下来。

老两口抱着孩子下来了，见到我只是嘴角一弯，微微一笑，笑得很不自然。儿媳妇和他们的大女儿在厨房里准备烧烤。大女儿五岁了，是家里小帮手了，尤其是小弟弟小妹妹的同时降临，让她一下子长大。她是一直跟着爷爷奶奶在北京长大的，小弟弟小妹妹要出生了，她才跟着爷爷奶奶从北京来到美国。半年之后，她将和小弟弟小妹妹换岗，爷爷奶奶像五年前带她回中国一样，再带着两个小不点儿回北京。

吃烧烤时我问她的爸爸：你一下弄三个孩子，以后老人走了怎么带呀？她爸爸告诉我的。他对我说：爷爷奶奶给带回北京，北京还有好几个姑姑，人多，帮忙给带两年！他说得那么自然，好像一切水到渠成，但在我听来却显得有些应该应分的样子，似乎家长乃至全家人都应该这样做。他似乎没有考虑一下父母多大年纪了，还可以这样小车不倒只管推，带大一个孩子，再带大另外两个孩子吗？我看见两位老人坐在餐桌旁边无表情，没有说话。只是在儿子离开餐桌拿酒的时候，老奶奶悄悄对我说：他也是没办法，我们不帮谁帮？我对她说：您老两口就得多辛苦了。老奶奶说：说辛苦，就辛苦这两年，有苗不愁长，一晃孩子就长大了！她说得很达观，是很多老人的心态。

来美国多次，碰见过好多这样的中国留学生，一个孩子，两个孩子，乃至三个四个孩子，老人一次次坐飞机长途跋涉，一次次变得更加苍老不已，帮助把孩子一个个带大了。两代人的情感，父母对儿女，真的是无限的，而儿女对父母，总显得有限。我几乎没有听到一位年轻人为自己这样的选择说过怅然自责的话，纵使他们有他们的理由和苦衷，他们有他们对父母的回报和感恩。

只是有一次，在一家MALL的大门外，天下着大雨，一时走不了，我在门槛下等雨停，身边站着一对年轻的中国夫妇，我听到了他们轻轻说话，其中，妻子对丈夫说了句：我真的觉得对不起爸爸妈妈，这次看见他们那么老了，还要让他们一次次来美国帮我们带孩子。我听见话音里有些哽咽，侧身看见年轻却不这么漂亮的妻子在悄悄擦眼角。

雨在我们的面前就这样笔直笔直地下着，没有停歇的意思。

2014年9月10日于布鲁明顿

中国姥爷

六年多前，即2007年的夏天，听到女儿从美国密歇根打来的电话，知道了女儿怀孕的消息，自己就要升级当姥爷了，除了兴奋之外，他的心里就拨拉起了小九九，下决心开始着手做两件事情。

那时候，女儿在密歇根大学读硕士，女婿在英国牛津大学读博士。那一年，女儿差两岁三十，女婿已经三十有二。该有个孩子了。女儿女婿正是在人生旅途拼搏事业的忙碌季节，孩子的即将到来，会给他们增添意想不到的欢乐，也会给他们带来很多难以预测的困难。好事自古难全，人生就是这样，苦乐兼修，甘蔗难得两头甜。在这样人生的节骨眼儿上，做老人的，常是他们的一根单薄却绝对的救命稻草，别看只是根稻草，却能像诺亚方舟一样，帮助他们渡过苦海。再说了，哪一个初生的小孩子没有得到隔辈老人的眷顾和关照呢？所谓天伦之乐，一条线连两头，一头系着孙孙辈，一头牵着爷爷辈。姥爷，会是那么好当的吗？

姥爷当时的心里就是这样想。

姥爷想做的第一件事情，是赶紧学开车。孩子落生下来，自己和老伴去美国，美国地方大，号称是"汽车轮子上的国家"，不会开车可不行。就女儿自己一个人在那里，女婿不在，亲家年纪大又有病在身，来不了美国帮忙，只能靠自己和老伴来搭把手。孩子小，去个医院带孩子检查身体；孩子大了，接送幼儿园，都得需要开车，才能切实地帮助女

2014·5·27.

儿。即便是把孩子接回国内照管，同样有个汽车会方便得多。

开车！学开车，成为了退休后姥爷的一桩大事。都说老来不学艺，手脚早不如年轻时灵便，起早贪黑受累不说，还得受驾校教练嫌弃你笨拙而不耐烦的白眼。但只要有未来小孙孙的影子在眼前一晃，什么样的苦累和委屈，也都化为了云烟散去。当姥爷终于拿到驾照，心立刻飞到了美国小孙孙的身边，高兴地说道：我可以带你去兜风了！

姥爷做的第二件事情，是还得学厨艺。这对于他来说，是件并不比学开车简单的事情。这一辈子，自己从来没有下厨做过饭，小时候是妈妈做，上学时食堂做，结婚后是老婆做。大半辈子饭来张口，袅袅炊烟，只是书本里美妙的修辞。真的进了厨房，亲自操刀干活儿，切身的呛人油烟，伴随着油盐酱醋瓶，按下葫芦起了瓢的忙乱，和书本与想象中的完全是两回事。

不过，既然姥爷能够克服一切困难拿下驾照，还有什么过不去的火焰山？他买回来一本菜谱，照葫芦画瓢，信奉本本主义，严格按照书上面菜肉油盐的比例，火候的分寸和开火关火的时间，一点点实践，居然拿下几种家乡菜和川鲁和上海本帮菜。先让老伴尝尝有没有馆子味儿？老伴尝后，说还真有那么点儿馆子味儿，比我做的菜好吃多了！带着这几样富有馆子味儿菜肴的厨艺和一本菜谱，在出发到美国之前，又和老伴学会发面，不仅可以炒菜，而且可以做面食了。

衣食住行，人生的四大问题，他可以解决其中食与行两道难题，而衣和住，都是女儿已经解决的问题而不在话下。他如一位身怀高强武艺的侠客，可以仗剑独行，胸有成竹地赴美见外孙孙了。

我见到这位可爱而能干的姥爷的时候，他的外孙子威廉已经5岁半，一直到前些日子孩子要上学了，女儿才把威廉接回美国。姥爷和姥

姥跟着一起也来到了美国。

那是在美国印第安纳初冬的暖阳下，温暖的阳光填平姥爷脸上的每一道皱纹，和实际年龄相比，他显得要年轻得多。而他那个活泼健康的外孙，吃了他做的饭菜、坐了他开的车，已经5年多。他是外孙的私家厨师和专职司机。女婿还在英国，女儿密歇根大学硕士毕业后来到印第安纳工作，一个人带孩子不容易，孩子出生4个月，他和老伴便带着孩子回国了。他是东北沈阳人，沈阳冬天冷，最怕孩子感冒，因为那时候他再好的厨艺和车技都派不上用场，他直后悔没有再学些医术，千手观音一样，可以处处手到擒来，解决外孙的一切问题。那时候，他只能和老伴各睡半夜，轮流照看发烧的外孙。都说隔辈人最亲，但他这样处事必躬亲的姥爷，我还是第一次见到。

我由衷地对姥爷说：您可真不容易。

他笑笑说：所有来美国照看孩子的中国老人不都是这样的吗？

我感叹说：那可都赶不上您！您得算得上是中国姥爷的代表呢。

他听后呵呵大笑起来。

他最后告诉我，女儿投桃报李，花了4万多美金，他来之前，就已经给他买了辆沃尔沃新车，可以让他来美国时候开。老伴嫌女儿买得贵，说你爸爸以后每年只能来美国半年，那半年车闲着，买辆二手车不得了。女儿说：那可不行，得给我爸爸买辆新车，免得旧车开在半路坏了，让我爸爸着急。女儿心疼老爸，知道老爸付出的一切，区区一辆沃尔沃，也报答不了。

姥爷！姥爷只需要外孙这一声啼唤，莺声燕语，抵过万千。

2013年11月25日于北京

理发记

我来美国在社区散步的时候，常常碰见一对华人老夫妇。几乎是掐着点儿，每天早晨和傍晚，他们都会推着一个孩子，绕着社区的湖边转上一大圈，然后，坐在湖边的凉亭里，逗孩子玩。总打照面，渐渐的熟了，坐在凉亭里聊天，我知道他们是来自江西南部农村的农民，来这里是看望孙子的，孙子长得很可爱，胖乎乎的，白白净净，刚刚6个月。

我对他们老两口说：你们多幸福啊，来享受天伦之乐！老婆婆撇撇嘴说：什么天伦之乐，我听人家说是天伦之累。

老婆婆嘴上还蹦新词儿。也是，说是来看望孙子，其实是来带孙子的。儿子今年博士毕业，刚刚找到工作，每天路上要走一个多小时，出门进门，两头不见阳光。儿媳妇在读博士后，每年的收入只有4万，刨去30%的税，剩不下几个钱。如果请个保姆每月要花1500美金，如果送幼儿园，比请保姆的钱还要多。一时间，小两口的日子过得拘谨，老人便是最好的选择。老婆婆口含机锋说：就是免费保姆。

天伦之累也好，免费保姆也好，话是这么说，我看得出，老两口还是有些得意的，家乡附近几个村子，只有他们家出来了这么个大博士，还是美国康奈尔名牌大学的博士，多少人羡慕，他们能够感到，自己的背后都落有乡亲们赞赏的目光，暖暖的烫人。我有时对他们开玩笑：别

不知足了，有这么好的孙子，儿子儿媳妇又都是名牌大学的博士，偷偷地乐吧！我看见，他们抿着嘴笑了。

有一天，又在凉亭里碰面，聊着天，老头儿忽然问我：你知道这里理个发要多少钱吗？

我说：大概十几美金吧，加上小费，得十五美金上下。

然后，我告诉他社区前面不远的MALL里就有个理发店。

过了些日子，我发现，他的头发没有理，才注意到，花白的头发确实很长了。小孙子已经8个多月了，算算他来美国已经三个月了。我猜得出来，理一次发，要花十多美金，人民币是一百元钱呢，他有些舍不得，才这样咬牙坚持着。可是，毕竟还要在这里再待三个月，总不能半年后回国再理发吧，还不成长毛贼了？看得出，他的心里在纠结。

那天，我看见他的小孙子的头发剃得光光的，问他是谁给理的发？他说是儿媳妇。

我对他说：那就叫你儿媳妇给你理不就得了？

他对我苦笑一下，没有说话。

后来，从老婆婆的嘴里，我才知道，儿媳妇是山东青岛人，城乡的差别和矛盾，在这个家里一开始就存在着，谁都看得见，感受得到，只是谁也不说，面子一直是锢着的。

儿子和儿媳妇虽然都是博士，学历相等，地位不等，像伊索寓言里的狼和小羊，一个站在河的上游，一个站在河的下游，做儿子的首先底气不足，儿媳妇的脾气就更上一层楼。他们是在美国结的婚，结婚后回国，两人一起回了一趟娘家，儿子单独回老家看看，儿媳妇连江西去都没有去，说是假期短匆匆忙忙又回美国了。

老婆婆非常不满地对我说：前些天，我向儿媳妇提出，等我们回国时候把孩子带回江西，婚礼也没有在村里办，孙子过满岁得在村里摆个酒席吧？孙子的太爷还在村里等着呢……

不用她继续说，我也猜得出，儿媳妇一准儿不同意。理由可以说出一箩筐，农村如今再富，也是农村。但是，我没有想到，儿媳妇的回答是，让他们老两口把孩子带回国，她自己的父母到北京的首都机场接孩子，直接回青岛，给孩子过满岁。她早已经把老两口的路给堵死了。

比起快人快语的老婆婆，老头儿像个扎嘴的葫芦，任老伴雨打芭蕉的数落一通儿媳妇，在旁边不说话，只是摆弄着孩子玩。不过，我也就明白了，为什么他不会找儿媳妇为自己理发了。

带孩子的日子，是快乐的，也是辛苦的，辛苦，并不怕，只是人在异乡，语言又不通，总感觉日子过得很慢，每一天像蜗牛在爬，过得很慢。社区的环境不错，有树有花有湖有游乐园，日复一日琐碎又单调地重复，除了孩子一天一个样儿在变化，能够给他们带来很多快乐，日子和心里都寂寞得很。

看见他的头发越来越长，花白着，蓬乱着，如同顶着一个乌鸦巢，我对他说：如果你不嫌弃，你把你儿媳妇的推子找来，我帮你理个发吧，只是我的手艺不行，你别在意。

他连连道谢：嫌弃什么呀，只要理短就行，我们农村人又不像城里人讲究。然后，他又对我说：我算计好了，三个月理一次发，再过三个月，我就回国了，可以回去理了。

一连几天，没有见到老两口。再见老两口，却没有见他们推孩子。忙问孩子哪儿去了？才知道，这几天，家里忙翻了天，儿媳妇临时有事要回国出差，把孙子也带走了，提前给她的父母那边送去，一

下子把老两口孤零零地闪在了这里。没有了孙子可带，还有将近三个月的时间，他们干什么呀？他们向儿子提出能不能把飞机票改签，提前回国。儿子打听了，每张机票的改签费是250美金，还要外加现在机票票价上涨的部分，正赶上学生放暑假，机票紧张，票价随行就市。老两口心里算了算，每个人得多花好几千块人民币。再想回家的念头，也嚼碎咽进了肚子里，不再说话。忙忙叨叨送儿媳妇回国之后，气火攻心，又着了点儿凉，老婆婆没事，老头发起烧，病倒了，躺在床上，几天下来，都是老婆婆伺候。病好了，儿子才忽然发现父亲的头发居然那么长了。说起这些天一直纠结的理发的事，儿子说就别麻烦别人了，我来给你理吧。

老头儿说完这番话，摘下头顶戴着的帽子，那是一顶旧了的棒球帽，显然是儿子戴过的。我刚才就看见了，还以为是他病刚好怕着凉。现在，才发现那头发理得黑一块白一块，长短不齐，凹凸不平，像是羊啃过的树皮，手艺还不如我。

老婆婆在一旁说：儿子哪里会理发，他的头发还是他媳妇给理呢。

我说：不管怎么说，也是儿子的一番心意。

老头儿苦笑了一会儿，喃喃道：这是儿子第一次给我理发。

2015年1月18日改毕于北京

布鲁明顿的月饼

四十多年前，我到北大荒插队，第一次离开北京的家那么远，远得仿佛到了天之外。那时候太年轻，天远地远的，一下子格外的想家。

到达北大荒的第二年中秋节那一天，一清早天就飘起了细碎的小雪花，渐渐变大，很快天地一片白皑皑。早知道北大荒冬天冷，没有想到冬天也来得太早。但再大的雪，也要过中秋节呀，和同学坐上一辆尤特（一种小型柴油车），颠簸到一百里外的富锦县城，买回来了月饼，分给大家吃，那月饼坚硬如铁，掉在地上能砸个坑，咬得牙生疼。

那时候，更加想家了，想家里买的北京传统的月饼：自来红、自来白、提浆月饼和酥皮月饼，想妈妈亲手做的加有青丝红丝和桂花冰糖的月饼。思念北京，想家，那种感情一下子浓得化不开，却又无从发泄。晚上，我和同学比赛乒乓球，谁输谁请客，但那时生产队的小卖部只剩下了罐头，其他可吃的东西早被知青抢购一空。最后，买了两筒罐头，是那种香蕉罐头，一个罐头里两根截成四节的香蕉。之所以记得这么清楚，是因为香蕉的滋味伴随着咬不动的月饼的滋味，是想家的滋味，是乡愁的滋味。那是我第一次尝到了乡愁的滋味。

今年的中秋节，我再一次是要在美国度过。我居住的地方只是美国中部一个很小的大学城，大多人是印第安纳大学的师生。与我前几年居住的新泽西大不相同，因为那里的华人多，光是大型的华人超市就有六

家，华人吃的东西应有尽有。中秋节远远未到，超市里的月饼早已经摆满了柜台，整整齐齐的铁盒子，盒子上嫦娥奔月或花好月圆的中国传统图案，映得满屋生辉。这里无法和新泽西相比，因为华人没有那里多，我春天来这里的时候，这里只有一家华人超市，很小，袖珍型，只能买到一些简单的东西，蔬菜和水果，常常搁得时间一久就发蔫，无精打采，和店老板一样的样子。

中秋节远远未到，但即使到了，在这里能不能买到月饼，还真的是一件令人忧虑的事情了。

前些天，听说新的一家华人超市开张，是占领了原来一家高档家具店的地盘，空间大许多，重新装修开业，心想地盘大了，又是新开张，占据了城市寸土寸金的要津，实力不凡，货物自然比原有的那家小超市全一些，应该有月饼卖。慕名而去，一进门，便看见了熟悉的月饼，摆在了醒目的位置上。想必店家也是想赶在中秋节前开业，赶节日前开业，是中国店家传统的做法，为的就是讨个口彩，在这里是为赢得远离家乡海外人的乡愁的排遣。而且，和新泽西的一样，也是从香港进口而来的铁盒月饼。虽然价钱几乎贵了将近一倍，因为贵，可以打开盒子，论块卖。不管怎么说，毕竟可以吃得到家乡正宗的双黄莲蓉月饼了。

其实，年轻人也已经不像我们那样喜欢吃月饼了，觉得油腻又太甜。我的孩子在北京的时候，这样的月饼，他也就是勉强吃两口，就放在一旁，任它变硬变坏，也不再问津。但我去这家华人超市的时候，好几个华人大学生花比买一个汉堡包贵几倍的价钱，在买一块双黄莲蓉月饼。排在我前面到收银台的一个女大学生拿着一块月饼付款的时候，和收银员对话说的是汉语，一听口音就知道是老乡北京人。和她说起话来，她举着月饼一笑，好几年没回家了，中秋节怎么也得吃块月饼，就当是回家了。

想家，才会涌起乡愁，我们中国人无论身在何处，只要是不在家，那么由于时间和空间的距离越长，想家进而渴望回家所引起的乡愁，便不由得加深，中秋节，是让这种乡愁弥漫得最深的时候。想起学者赵园曾经讲过的话：乡土是价值世界，还乡是一种价值态度。赵园说得没错，正因为如此，乡愁才有了价值。乡愁升华的最高形式，便是还乡，无论是千里迢迢真正意义上的还乡，还是如这位女大学生一样精神还乡。月饼，只是想家进而渴望回家的一个载体。

2014年9月5日 于布鲁明顿

国庆节的烟花

美国的国庆节和我国的国庆节，相差近三个月的时间。美国国庆节的那一天，我们开车带着孙子去芝加哥玩，一路上，在高速路边经常可以看到卖烟花的大广告牌，不远处便是卖烟花的店铺或临时搭建的简易房。孙子指着那些牌子和房子问：那是干什么的？我告诉他是卖烟花的。他认识了上面那硕大的字母组成的单词"firework"，中文便是烟花。

到达芝加哥的晚上，在密歇根湖畔燃放了灿烂的烟花。和世界上所有的节日一样，烟花成为节日的使者，为节日的天空增添绚丽的色彩。孙子没有在北京过过国庆节，指着烟花问我：北京的国庆节也放烟花吗？我告诉他：北京国庆节放的烟花比这里要漂亮很多。放完烟花后会随着风有小降落伞落下来，我像你这么大的小时候，可以站在房顶上够到小降落伞玩呢。他睁大眼睛望着我，眸子里辉映着烟花缤纷跳跃的光芒。

两个多月过去了，忽然有一天开车回家的路上，孙子指着车窗外大声叫道："firework！firework！"谁都不明白，他为什么突然喊起来这个单词。车子继续往前开，他继续高喊着："firework！"没有办法，只好掉头把车开了回去，才发现路边有一家小店的外墙上有写着"firework"的广告，因为美国的国庆节已经过去那么多日子，那本来颜色鲜艳的"firework"几个字母都有些褪色，没有想到还是让他一眼看见。

他对他的爸爸妈妈说：我们也买些烟花放好吗？他的爸爸说：美国国庆节早都过去了，不会再卖烟花了。他拉着妈妈说：我们去看看嘛。我们坐在车上停在路边，妈妈被他拉着下了车，向小店走去。没一会儿工夫，看见他捧着几支烟花连蹦带跳地走出了店门。烟花包装纸五颜六色，他抱在怀中像是一束盛开的鲜花。那些烟花都是中国生产的，由于美国国庆节早过，烟花处理卖了，很便宜，比在北京买还要便宜。

小孩子没有一个沉得住气的，刚吃过晚饭，他就开始磨着爸爸妈妈要放烟花。爸爸妈妈说他烟花刚买回来还没捂热呢，等过两天再放。他不干，又开始磨我。我问他：你还记得咱们在芝加哥那天看的烟花吗？

他点点头。

我又问：你还记得那天是什么日子吗？

他说：是美国的国庆节。

我说：那我再问你，你说这烟花应该在什么日子放呢？

他嘴巴一歪，眉头一拧，不高兴了：那还得等一年才能到国庆节，才可以放烟花呀？

我说：干吗要等一年呢？再过十几天就是咱们中国的国庆节了呀，到那时候再放烟花，该多好呀！

他一下子睁大了眼睛：是吗？就到咱们中国的国庆节了，那咱们就到那天再放！

小孩子的心存不住事，说是等国庆节再放烟花，但那烟花一直像小虫子在他的心头上爬，抓挠得他的心痒痒得不行。没过两天，他就又磨着他的爸爸妈妈要放烟花。

他爸爸妈妈说他：爷爷不是和你说好了吗？等到了国庆节再放？

他伸出一个小手指说：咱们就先放一小点儿，剩下的等国庆节再放，行不？

被他缠得没有办法，他爸爸只好说：那咱们就说好了，就先放两支烟花，剩下的等国庆节再放。

他连连鸡啄米一样点头。

他自己从买好的烟花里挑了两支，跑出屋，等着爸爸把香捻儿点着，爸爸把香捻儿递给他，他却不敢自己放了。毕竟是第一次放烟花，他还不到四岁，有些胆怯。他爸爸先把第一支烟花放了，是一支钻天猴，飞上天空后，飞进四溅的烟花，在夜色中显得格外璀璨。孩子大声喊叫了起来。第二支叫满天星，这支烟花是一支长长的小棒，拿在手上就可以放，小棒被点着后，四射星星般的小花，是一种专门为小孩子制作的烟花。他爸爸把点着的满天星递给他，他不敢接，爸爸拿着它，烟花如星星般闪耀，像流萤一样飞动。

大家都劝他：别怕，没关系，看你爸爸拿在手里不是一点儿事儿都没有吗？他被鼓励得有点儿信心了，小心翼翼地接过满天星，烟花在他的头顶飞迸，是没有一点儿事，他举着它跑了起来，然后又转起圈来，星星点点的烟花簇拥着他，有些飘飘欲仙的感觉。

两支烟花放完了，我问他：你知道今天是什么日子吗？

他摇摇头，我告诉他是咱们中国的中秋节。

他一抬头找天上的月亮，然后说：我知道中秋节，爸爸说过了中秋节就到了咱们中国的国庆节了。

我说：对，没有几天了，就到咱们的国庆节了。

他兴奋地叫道：那我就可以又放烟花了，我可以把所有的烟花都放完了！

大家都笑了。孩子虽然在国外生国外长，都还希望他记住自己的祖国，记得自己国家的国庆节。国庆节的烟花，成为连接这样一份感情的纽带。惦记着十月一日的国庆节，成为了孩子这几天的心事。他向往着那一天，那一天，在他幼小的眼睛里，可以把所有的烟花都放得那样漂亮好看！

2013年9月25日写于布鲁明顿

留学不是涮羊肉

新学期开始之后，布鲁明顿打破了夏天的宁静，一下子热闹了起来。原本清静疏朗的街道上，人流密集了起来，就连整个夏天几乎看不见人等车的公共汽车站，也挤满了提着大兜小兜的人。走在商店里、饭馆里或超市里，到处可以看见长着亚洲面孔的年轻人，他们大多是来自中国的留学生。

在印第安纳大学的校园里，更可以看到中国的留学生。也是，布鲁明顿是座大学城，学生有3万多，占了全城的一半，结束了暑假归来的学生们，让城市的人口忽然膨胀了起来。

我看当地报纸有一个统计数字，在印第安纳大学这3万多学生中，国际学生有8262名，其中亚裔的留学生有5150名，亚裔留学生中来自我们中国的留学生有3500名。这个比例，说明中国留学生占有留学生的份额很多。印第安纳大学的一位老教授告诉我，这里每年本科的新生约有1000多，来自中国的学生至少占有1/10至2/10。也就是说，校园里每年会有100到200个中国留学生在递增。

还能够看见很多年纪大些的中国人，他们都是不远万里陪孩子来学校报到的家长。他们是为儿行千里而担忧的有情父母，也是有钱的父母。在校园附近的街道上，我常常会碰见他们，有几次他们向我打听路，问我附近有什么中餐馆，他们说学校环境很美，一切都不错，就是

183

小径春生荳蔻梢　　FUXING 2014. 7.

美国的伙食孩子吃不习惯。而在市中心仅有的几家中餐小店，无论卖的炒菜还是面条或自助餐，味道都不怎么样，但在那里，我更是常常看见他们带着自己的孩子，差强人意地让孩子和他们自己顽固的胃得到片刻的舒服。

印第安纳大学在美国州立大学里算不错的，它在美国大学排名80名前后，但并不是最好的大学。来自中国的留学生，也相应不是成绩最优秀的学生。更优秀的学生，会进入哈佛耶鲁普林斯顿等常青藤大学。到这里读书的中国留学生，不少是考中国一类大学有些勉强，又不甘心上二类大学，便选择出国留学，很多是国内留学中介帮助选择了这样适配的大学。

印第安纳大学本科生每年的学费是3万多美金，住和吃其他费用加起来需要1万多，这样，不算每年回国探亲的飞机票，一个留学生每年需要5万美金。这样的费用，对于大学而言，成为一笔收入。由于美国经济危机以来，大学的资金捉襟见肘，需要开源节流，近几年以来，美国大学和我们的大学一样也玩起了"扩招"，而且无形中增大了对来自中国留学生的接收比例，成绩要求自然也有所下降。看当地报纸转引《华盛顿月刊》的报道，美国大学的留学生不到六年增加了20万，其中超过16万来自中国。这些留学生所缴纳的全额学费，填补着大学经费的窟窿。同样，印第安纳大学这几年来自中国留学生的人数也在增加。这样一笔开销，对于中国的家长而言，不是一个小数字。四年本科读下来，家长一共得准备下20万美金，120多万元人民币。印第安纳大学的音乐学院和商学院，都非常有名，在全美排名一直名列前茅，但每年的学费要更加多。

这样昂贵的花销，供一个孩子到这里上大学，到底值得不值得，是

很多家长心头的困惑。因为，四年大学本科毕业，留在美国工作的机会，一般会很难，而回国工作也并不容易，海龟变海带的现实，已经积重难返。接着读研，如果没有奖学金，那么要继续花一大笔钱，对于家长而言，这几乎成了无底洞，而前途依然未卜。中国留学生热潮中的孩子和家长们，很多是对中国教育的现实不满，对美国的教育又如盲人摸象，全凭媒介的宣传、家长之间的传染和心里想当然的想象，多少有些盲目。如今像是坐上了热气球，欲罢不能，上不去也下不来，只能听凭风吹，吹到哪儿是哪儿，随遇而安，任命运安排。

其实，对于家长而言，花钱是次要的。中国家长是世界上最舍得为孩子教育投资的。过去有句俗话叫作：砸锅卖铁也要供孩子读大学，指的就是家长这样拳拳心意和心气。更重要的，是随着留学热的升温，留学生的年龄越来越小，出现的心理和精神的问题，远不是钱能找补回来的。

在布鲁明顿读当地报纸，看到这样一组数字，说中国已经成为世界最大的留学生来源国，今年留学生将要超过50万，是13年前的20倍；连续四年，中国成为美国留学生总数最多的国家，而且每年呈递增的趋势发展，仅去年相比较前年本科生的增长率就有31%。而高中生来美留学的上涨趋势更为触目惊心，七年以来居然暴增365倍。在这样热度居高不下的留学生热潮中，很多学生和家长的钱是准备好了，但心理准备却不足。须知，世界上很多东西，不是钱都能买到的，教育尤其如此。教育需要投资，但同时需要天时地利人和的众多因素的综合作用，其中教育者与被教育者相辅相成的融合，才可以取得水到渠成的成功。

前不久，在离布鲁明顿不太远的伊利诺伊州大学和香槟校区发生了凶杀案，一个学数学的男博士生残忍地杀死了一个学艺术的女硕士生，两人都是中国留学生。起因其实很简单，不过是因为恋情的变异。如果心理足够健全和理智，便不会有这样的事情发生。读当地报纸，还看到这样一条消息，一个从中国到美国加州留学的高中生，放暑假回国刚刚带回家长给他的3万美金的学费，他回到美国，出入赌场，七天就把这3万美金赌得精光。想想这样的留学生，他们的家长如今该是何等的后悔不迭。

当然，这只是个别现象，不能以偏概全说明中国留学生在美国的整体状况。但是，也是值得警惕和深思的。打一个不中听的比喻，留学不是秋后的涮羊肉，放进汤锅里涮一涮，生肉片就可以变成美味的熟肉片了。即便留学真的可以是一锅涮羊肉，也得看自己是不是羊肉，如果不是，而是马肉或蛇肉，纵使是再沸腾的汤锅和美味的作料，也是断然涮不成秋补的羊肉的。

2014年11月写毕于印第安纳归来

捅马蜂窝

在美国孩子家小住，房后是一片开阔的草坪，那天除草的小姑娘突然遇到了黄蜂。大概是她开着除草机，轰隆隆的响声，惊动了草丛中的马蜂窝，顿时飞起一群黄蜂，直冲向了她，蜇得她一身是包。那天，她穿着运动短裤，两条大腿上更是伤痕累累。

她是个印第安纳大学学医的大二的学生，暑假里打工，给一些人家的草坪除草，挣点儿零用钱。她赶紧弃除草机而逃，回到家，懂医的她吃了药，一睡睡了十几个小时。第二天晚上，她来家告诉我的孩子遇到黄蜂的事情，并带着他到草坪指认黄蜂的犯罪现场。

草坪的草除了一半，没几天，除过的和没除过的草坪，显现出高低不平，风吹草动，如同起伏的坡地。那个潜伏在草丛中的马蜂窝，依然不时的群蜂乱舞，以侵犯一个漂亮的小姑娘的胜利而得意非常。

必须得捅掉这个马蜂窝。

一般马蜂窝是在树上，记得我小时候，和伙伴们去捅马蜂窝，都是先戴好帽子围巾手套，将自己全身武装好，然后举着一个个高高的竹竿，把马蜂窝捅下来那一瞬间立刻作鸟兽逃散。不知道这里人们怎么捅马蜂窝？为什么这个马蜂窝不是筑在树上而是在草丛里呢？

请来专业人士，现场勘查后，说这里草坪多，马蜂窝在草丛中很常见，尤其是冬天大雪覆盖草坪，起到保护和保暖的作用，去年的旧马蜂窝到第二年可以就地启用，因此要根治必须得用专业人员，他们公司的业务之一，就是专门负责捅马蜂窝，他们有专业的药液和机器，可以用管道深入马蜂窝，将药液打进，一了百了。我不知道他说的对不对，心里虽然起疑照他这样一说马蜂不是和野兔和野熊一样，也能在冬天蹲仓一样了吗？但是，还是按照他的意见请他们的公司来专业捅马蜂窝。

几天之后，一个工人开着一辆厢式大卡车来了。心里不禁暗惊，捅一个马蜂窝，竟然动用如此庞然大物，真的够专业的。他穿着一件半袖的工作服，下了车来，先让我带着他看现场，我远远的指给他看，告诉他马蜂窝就在前面。那时候，草坪虽然没有一点动静，但我知道黄蜂就暗藏在前面，只要人一走近，就会露出狰狞的嘴脸凶猛扑来。

他拿着一个常见的救火用的喷雾器大小的药罐，大踏步地向草坪前走去，显得很有些见多不怪，胸有成竹的样子。走近时用喷雾器以扇面的弧度向前一喷，立刻，黄蜂从草丛中冲天而起，雾一样直向他扑来。只看他抱着喷雾器就地卧倒，翻了几个滚儿，然后迅速地站起，远远地跑了过来。我问他被黄蜂蜇着没有，他摇摇头，只是没想到这个马蜂窝这么厉害，手里的这个喷雾器无用武之地，得启用重型武器。

他走向卡车，钻进驾驶室，将车向前开了一小段，调转了方向，让车尾冲向了草坪。然后，看他跳下车来，打开后车厢，里面顶着车厢盖的是顶天立地一个水罐一样的装置，白晃晃的，在阳光下照人的眼睛。上面有水龙头，龙头上接着粗粗的皮管子，那管子非常的长，他拉着管

子，管子蟒蛇一样在草坪上爬行前进。就这样拉着，他一直把管子拉
到草坪里面马蜂窝的前面，打开开关，水注一样的药液，劈头盖脸喷向
马蜂窝。这一次，那群肆意得逞多日的黄蜂，在这样现代化的重型武器
前，毫无还手之力，连飞走逃跑的机会都没有，只见它们刚从窝里急飞
出来，就立刻坐以待毙。接着，他用管子对准马蜂窝，狠命又喷了一遍
药液，毫不留情，一个也不放过。

　　他拖着管子，向我走过来，得意地摇摇手。他的身后，管子如蟒蛇
一样慢慢地蠕动着，温顺地舔着他的脚跟；恢复了平静的草坪，在风中
轻轻摇曳，起伏着舞蹈般的韵律。空气中，散发着轻微的药液味道。

　　看他麻利儿地把管子放进车厢，盖上后厢盖，然后递给我一张今天
工作的账单，笑着说了声谢谢，就钻进驾驶室，将车开走，前后没有用
二十分钟。到底是专业人士。

我打开账单看，捅一个马蜂窝，花费是120美金。

又过了一些日子，发现了新的马蜂窝。这回不是在草坪里，而是在房后的松树上，雄踞在树的半中间，离地面有六七米的样子。和我以前在北京见过的马蜂窝一样，黑乎乎的，墨染的云彩一样，聚集在翠绿的松针掩映之间的树杈上。而且，这个马蜂窝足有一个草帽大，如果里面的马蜂都飞下来，扑向孩子，后果可是不堪设想。

有了上一次马蜂蜇人的教训，尤其是担心孩子在树下玩耍，不留神被头顶的马蜂窝里潜藏的马蜂蜇着，必须得捅掉这个祸害。

这回，请来另一位专业人士，是位美国白人。和上次一样，他的公司不干别的，只负责捅各式各样的马蜂窝。但他的公司就是他一个人，他既是老板，又是工人，显然，没有上次的公司规模大，心想收费一定会便宜一些。事先，他来看了一遍，抬头望望马蜂窝，然后对我的孩子说，捅掉这个马蜂窝，必须要锯掉马蜂窝下面的那根树枝。否则，没法动手，因为那根树枝挡住了马蜂窝。如果贸然去捅马蜂窝，会一下子惊扰了它们，会是很危险的。

果然专业，我们谁也没有想到要锯掉树枝，以为像摘苹果一样简单，只要爬上梯子，把那个马蜂窝摘掉就行了。锯掉树枝，就锯掉吧。那是一根有胳膊一样粗的树枝。没有一把专业的锯，是无法对付它的。

过了几天，他开着一辆普通的小轿车来了。并没有像上次一样，是开着专业的厢式大卡车。但他可是专业人士呀，而且，我觉得这一次需要登高爬树，对付一个很大的马蜂窝，还得先锯掉一根粗树枝，比平地作业对付一个马蜂窝，难度要大许多。他居然如此轻装上阵。

只见他从车子的后备厢取出一个折叠的可以伸缩长度的梯子，扛到松树下，然后，拿着一把电锯，很灵巧簌簌地爬上了树。很快，树枝就被锯了下来。他把树枝扛下来，走到我的跟前对我说，还得再锯掉一根树枝，要不无法直接够着马蜂窝。情况比他那天在树下看得要复杂，在繁杂的枝叶之间，马蜂窝隐藏得够深。我说你可以直接向马蜂窝喷药呀！他摇摇头，连连说NO，那样会惊动马蜂，会很危险。

他是专业人士，只好听他的。他拿着电锯，又爬上树，接着锯掉第二根树枝。他扛着树枝又从树上爬下来，然后，拿起喷药器，戴上面罩，再一次爬上树。这回看见和上次一样的情景，水注一样的药液，喷出雾一样的气体，劈头盖脸喷向马蜂窝。可是，没有见到上次那样从马蜂窝里群蜂乱撞的情景，只有几只马蜂飞了出来，还没有叫出声，就淹没在白色的雾气之中。

他从梯子爬下来，走到我的身边，扔在地上一个黑乎乎的东西，是那个马蜂窝。怕里面还藏有残存的马蜂，他用喷药器往上面又狠命喷了一通，马蜂窝湿漉漉的，像是刚从水里捞出来。从地上往树上看，没觉得那么大，真的出现在面前，比草帽还要大。那马蜂窝和我以前见过的不大一样，四周像是用树叶和草编织而成，呈灰褐色，有点儿像鸟窝。这样的马蜂窝，真有点儿神奇。药液浸透散发过后，马蜂窝看得清晰一些了，孔眼密集的蜂窝里却没有见到有几只死蜂。怪不得刚才他在梯子上喷药时，从马蜂窝里飞出的马蜂不多。我问他：怎么里面的马蜂不多呀？他告诉我，天气渐渐变凉，马蜂自然就不会像天气热的时候那样多。我看了他一眼，既然如此，为什么非要先锯掉两根树枝，如此谨慎小心，又如此兴师动众？

他也望望我，说，还是处理掉了好，别看现在里面的马蜂少了，马蜂窝留到明年，会有新的马蜂来的，很危险的。我不太懂，有些疑惑，

难道马蜂像老马一样也会识途，或者像我们人一样闻香识女人识得香巢旧窝而旧地重游？

他冲我笑了笑，指着地上的马蜂窝，问我：是需要留下来，还是需要他拿走处理掉？我说留下吧，想让孩子从幼儿园回家后见识见识什么是马蜂窝。他又笑笑说，好，留个纪念。

到底是专业人士。这样的马蜂窝处理，显然，不是第一次了。

两天过后，我收到一份账单。这个马蜂窝捅得花了210美金，还要几角几分的零头。账单详细列明包括药液、攀高、锯掉树枝等各项费用。连账单也是那么的专业。

2014年9月13日于布鲁明顿

绿地之累

　　美国中产阶级的生活标准之一，是在城外有自己的一座独幢别墅，别墅的前后要有一片开阔的绿地。美国地方大，人口少，茵茵草坪到处都是，房子被绿地所簇拥，成为了一幅幅画。绿地，不仅让房子变美，同时让居住的容积率变低，这一数字化的演绎，成为我们中国住房所向往的标准。绿地，便也抽象化，具有了生活美好富裕的象征意义。

　　这次来美国住了四个多月，天天看绿地，发现绿地并不像我初到时想象得那样美好，也不是看到那些美丽可爱的梅花鹿突然光临造访时的天然美景那样的令人激动。除了极富有的人，可以雇佣私人专属园丁为其打理草坪花园，一般美国的中产阶级，为绿地操心而烦心的事情不少。业余时间，为维护绿地而花费的时间更是不少。

首先，是为绿地的平整美观，需要定期除草。所以，在美国，除草机很畅销，只要是买了这样别墅的，都需要这样一个除草机。除草机分为两种，一种手扶式，一种驾驶式，价钱从两百多美元到一千多美元不等。在春夏两季，草坪的草生命力旺盛得很，特别是一场雨后，眼瞅着草噌噌地往上长。一般，半个月就得除一次草。如果超过一个月的时间，草就不太好除了，很容易让除草机出故障。因此，除草的周期，各家大致相等，但除草的日子却不尽相同。住在这样的地方，虽然房子很疏朗，容积率很低，但并没有想象中的清静幽雅，几乎没过几天，就听见四邻的除草机轰轰作响。这家的除草机刚刚消停，那家的除草机不甘寂寞地又响了起来，此起彼伏，按下葫芦起了瓢，东方不亮西方亮，到处是除草的交响。

除草不是什么累活，但架不住周期短，隔不了多少日子就得除一次，比人理发都勤。这需要磨炼人的毅力和耐性。一般买房的时候，看见绿茵茵的草坪，心情格外舒畅，草坪越大越不嫌大，心里光觉得草坪无形为房子增值；等到除草的时候，抹着不停往下滴的汗珠子，望着开阔的草坪，总也除不完的草，心理就会发生变化，后悔当初买房时没买一个草坪小一点儿的了。草坪就像一个女人，也是越苗条些才好，而不要找一个胖子，而且还是一个没法子减肥的胖子。

当然，也可以找别人帮助你除草。但得需要花钱。当然，也可以阿Q一样自我安慰，权当一种锻炼身体的方式。但这种锻炼有时候会有一定的风险。尤其是在夏秋两季，草坪的落叶中，会潜伏着暗藏在地下的马蜂窝，除草机惊扰了它们的生活，它们会把怨气撒在除草人的身上，蜇得你满脸满身是包。仿佛那是绿地垂挂在你身上的特别奖章。

其次，绿地上一般会有树。那些枝繁叶茂的大树，将斑驳的树荫洒在房子的四周，是一道绿色的风景。但是，树并不仅仅是给绿地锦上添花，有时候会给人带来意想不到的烦恼，成为绿地的累赘。秋天落叶季节，纷纷而落的树叶，扫了一层，第二天又是一层。真的是有点落叶扫不尽，秋风吹又生。那些金黄色和火红色的落叶，便不再那么富有诗情画意，而徒增人无限的烦恼。落叶必须扫在一旁，装进袋中，然后等垃圾车来运走。装袋，增加了伺候绿地的一项活儿。你不仅要伺候绿地自身多长出来的草，还有伺候落叶对绿地不止一天的骚扰。

如果绿地上的树突然枯萎了，那就更麻烦了。因为，枯死的大树，随时有可能倒下来，或砸在你自己的房子上，或砸在别人的房子上，所有这一切损失，是要你来承担的。这就需要赶紧将这样枯死的树伐掉。这是一笔不小的费用。我住的房子后院，有三棵大树，一棵广玉兰，一棵松树，一棵我认不出来的大树。据说因为去年这里干旱，这棵我叫不出名字的大树有一半已经不长树叶，眼瞅着枯黄。请来专业伐木人员，他看后说，如果整棵树伐掉，需要3000美元；如果只砍掉那半棵枯死的部分，需要1000美元。无形中，伺候绿地，增加你意象不到的费用。

当然，这还不是最让人糟心的事情。最糟心的是，当初如果你买房子时一不小心买了一个带游泳池的绿地。当初，你可能兴奋不已呢，自家后院就有游泳池，那是只有电影里才有的生活，它满足你的虚荣心的时候，也埋下了一颗定时炸弹。因为你要每天为小孩子担忧，生怕他们落水遭灾。你还需要定期为它换水和清理。除了落叶之外，还有各种虫子，等着你打捞。看诗人北岛的《失败之书》，其中有一节，说他在美国不留神买了一个带游泳池的房子，游泳池堵了，只好请来专业人士

治堵。人家从堵处找到一只硕大的红背毒蜘蛛，然后指着这毒蜘蛛告诉他：这家伙可以置人于死命。

据说，在绿地上造一个游泳池，花费需要45000千到65000美元。别以为买房子时这多出来的游泳池，是你凭空占的便宜。等你再卖房子时候，游泳池会成为房子的鸡肋。有经验的房产中介告诫那些虚荣心极强的中产阶级，如果你不是特别有钱，如果不是在加州或佛罗里达的富人区，千万不要买带游泳池的房子。如果你不幸买了这样带游泳池的房子，遭遇了种种不幸后，忽然恍然大悟，想填平这个游泳池，需要的费用至少是15000美元。这将是你为绿地付出的最大一笔开销。游泳池没有成为了绿地的一朵花，却成为了绿地的一个瘤。

2013年10月18日于北京

第四辑

塔夫特夫人的选择

芝加哥机场的恐龙

八年前，第一次进入美国，是从芝加哥入的关。那一次，坐美联航的飞机，降落时飞机非常不稳，从舷窗上看到机翼上下抖动得很厉害，像鸟的翅膀遇到风雨的冲击而一时找不到平衡。河流、树木、密歇根湖和西尔斯大厦等高楼组成的芝加哥，给我留下的第一印象，在摇摇晃晃中。

飞机的轮子终于降落在跑道上，那一瞬间，机舱里几乎所有的人都叫了起来。那是一次有惊无险的旅行。

芝加哥奥海尔机场没有我想象得大，起码和巴黎的戴高乐机场比，没有那种迷宫般眼花缭乱的感觉，尽管奥海尔机场是美国第三大航空枢纽中心。也许，是和我出关的便捷有关，明显的指示牌和汹涌的人流，左右两只大手一样，揽着我很快就走出了机场，连喘口气的工夫都没有，似乎一眨眼便完成了两国的交接。如同演出结束后演员退场的速度很快，让本来千山万水风情尽显的舞台一下子变得空荡荡而显得缩小，也便将机场在想象中无形缩小。

那时，孩子在芝加哥大学读书，他在大厅接机的出口等着，一眼就看见了彼此。比起北京的首都机场，出口非常的小，接机大厅也很小，唯一给我留下印象的是紧靠出口的是一家麦当劳，醒目的招牌亮着有些疲惫却耀眼的灯，只是小得像一家乡镇里的鸡毛小店铺。

那一次回国，也是从芝加哥坐的飞机。才算是真正地走进了奥海尔机场。我走进的只是四个航空大楼中的一个而已。显然，比北京的机场大多了。那时候，首都机场的第三航站楼还没有建成，和奥海尔机场一比，更显得拘谨。琳琅满目的店铺，咖啡馆、快餐店、美人顾盼流离的广告，以及广播里几乎能够催人昏昏欲睡的女广播员的声音……千篇一律的格局，声音和气味，和世界上任何一座大的航站楼没有什么区别，仿佛都出自一个设计师之手。

但那一次，唯一给我留下印象很深的是，在候机大厅里，居然顶天立地地立着一个巨大的恐龙骨架。如此庞然大物，立在机场的候机大厅里，显得有些另类。看它将头有恃无恐地伸向了大厅透明的穹顶，阳光倾泻下来，从它的头顶一直到脚，洒下跳跃的五彩光斑，让它显得生龙活虎，仿佛就要活过来或就要显灵。我不知道它是不是真的恐龙骨架，但猜想会是假的。我只是有些奇怪，为什么在候机大厅里要摆上这么一个玩意儿？当然，我知道矗立在芝加哥城中心密歇根湖畔的自然博物馆非常有名，那里有真正的恐龙骨架。但我想芝加哥机场犯不上为它做广告吧。

带着疑惑登上飞机。很多年过去了，芝加哥奥海尔机场留给我最深的印象，竟然是那尊恐龙骨架。或许，这正是它的一点点与众不同的特色吧，动人春色，从来不须多，却让人记住了它。起码，在我的眼里，它成为了奥海尔机场的一个吉祥物，或者作为机场代言的一句无韵的诗，就像英国利物浦机场上刻着约翰·列侬的那句歌词"我们的头顶是天空"一样，恐龙的头顶也是天空，连接着它与人类一样飞天的梦想。

以后几次到美国，都是从纽约入关，一直到去年，才有一次从芝加哥起落进出。今年4月下旬，再次来到芝加哥机场，算不上老熟人，起码不再只是萍水相逢。对它的了解自然也多了一点，起码不仅仅只是感性的了。芝加哥机场最早建于1942年和1943年间，在二次世界大战期间，它起到了一些别的机场所没有的战略作用。据说美国一家制造战斗机的工厂，便在芝加哥机场附近。战后发现机场建得有些小了，从1955年开始扩建，直至1958年才有了扩建奥海尔机场的打算。奥海尔机场，从这个打算到真正的落成，经历了漫长的时间。和世界任何一个地方一样，扩建所面临的问题是征地。很多人故土难离，不愿意搬走。不像我们这里，一个文件，即可让所有人哑口无言，行政一体化的强大力量，让推土机轰轰的轰鸣声理直气壮而所向无敌。面对这些不愿意搬迁的人，阻挡了奥海尔的呱呱坠地的时间，它是一个难产儿。

其实，无限制的扩大机场的地盘，并不是机场现代化和国际化的唯一途径。奥海尔机场终于建成之后，让芝加哥机场的飞机起落次数和旅客的吞吐量增大，现在每天可以有2700多航班在这里起落，每年有近亿的旅客从这里出进。如此高流量，曾经给机场的管理带来了难度。据说，芝加哥机场一度被批评为美国最不准时的机场。为此，他们投入6亿美金，改造设备，增大投入，加强管理，使得误点率降低了79%。不知道这个数字，有没有表扬与自我表扬夸大的成分，从我仅仅乘坐的三次飞机在芝加哥起落的时间来看，起码都是正点的。对比我们首都机场的误点率和误点率降低的措施和效果，不敢想象，只有汗颜。

有意思的是，多年未到芝加哥机场，去年从这里出关，推着行李箱，走出出口，迎接我的，不仅有孩子，还有两个可爱的小孙子，叫着爷爷，欢蹦乱跳地扑了上来。出口和接机大厅，还是和以前一样的小，紧靠出口的，还是那家麦当劳小店。今年再次来芝加哥机场，依然如此。时间过得飞快，世事沧桑之中，变与不变，呈现出两极状态。变是需要的，没有变化，便没有成长，没有前进；不变也是需要的，尤其是在城市的建设伦理中，强调不变，就是强化那些恒定的有价值的东西，让人们无论离开它走多远，离开它时间有多长，再回来的时候，还能够亲切地找到回家的路。

机场，便是落地回家的第一站，第一步。一座城市和一个人一样，在逝者如斯的岁月中，不可能青春永驻，一点变化没有。只不过，同我们北京不大一样，芝加哥这座城市和机场，无须大拆大建，而是保持着城市的基本骨架，就像一棵大树，保持着树根的扎实和枝干的横疏不变，即便那树根已经突兀老迈，那枝干已经斑驳嶙峋，它变化的只是树上的叶子和花朵，可能又多一抹新绿，和几重姹紫嫣红。

芝加哥这座城市，真的十分可爱，和美国号称三大城市的另外两座城市纽约和洛杉矶相比，它没有那样的繁华，却也没有那样的杂乱无章。1871年，那场大火把芝加哥烧成一片灰烬之后，芝加哥这座重新建设起来城市，一百多年来整体的变化不大。八年前，我第一次见到它时是什么样子，八年后基本还是什么样子。芝加哥机场的变与不变，不过是这座城市的一个缩影。想想，一座城市，总是在破旧立新和日新月异的变化中让人莫衷一是，对于这座城市和居住在这座城市里的人，不见得就是好事。

因此，当我再次在候机大厅看到那尊骨架，依然顽固矗立在那里，从头到脚，流泻一身阳光的时候，感到有些亲切，也有些感慨。想起老杜的诗：流年暗换南北路，老眼厌看往来人。觉得它就像这样一位看尽春秋演绎的沧桑老人。

2014年5月4日于印第安纳

芝加哥的绿树公社

去年从北京飞到芝加哥的第二天，正好赶上是复活节。儿子一清早到宾馆接我时说，他们芝加哥大学的同学邀请我去参加他们的复活节聚会。往年的芝加哥，复活节的时候，天气依然很冷，但这一天，天气非常暖和，阳光灿烂得像是满地淌满着金子闪烁的光芒，气温高得令人生疑，以为不该是真的。见到这些年轻人，他们对我说，因为去年的冬天芝加哥实在是太冷了，有几天天气的温度和北极一样的低，老天爷这是给他们一点儿补偿，让这个春天得温暖些。

聚会在他们的住处，这是芝加哥大学学生公寓，八年前，我来芝加哥时住在儿子租的住处离这里不远，都是一样棕褐色的矮层楼房，附近几个街区都是，挺大的一片，像卷心菜一样把芝加哥大学包围在里面。不过，他们这个住处有点儿特别，别处的房子都是一排一排的，这里是围合式，三面有楼，呈不规则U字型，每座楼各有三层，算算，大约住有十几户人家。三面楼中间是一个挺宽敞的空场。另一侧是一排库房，可以存放各家的零用东西，每扇库房门上有巨幅手绘的绘画，一直蔓延出房门，尽情涂抹到了四周的墙上。都是儿童画风格，画的也都是充满童趣的各种动物。对着库房一条小道，通向大门。大门一锁，这里成为了他们的一统天下。

住在这里的全部都是芝加哥大学的博士或博士后，他们都已经结

博士数学子如流浪等若干
里加哥的分院狸而住着一群

2013. 7. 19.

婚，并且带着孩子。有的已经毕业，正在等待找工作。这是芝加哥大学
特别给予他们的福利，即便有人已经毕业，并没有赶他们走。相比较而
言，这里的房子租金要便宜一些。更重要的是，都是芝加哥大学的同
学，彼此共同语言多，平常聊得来，来往便非常密切。常常是一家来了
客人，其他人一起参与接待，成了大家共同的客人。虽然，他们都已经
年过三十，有的人已经往四十奔了，但校园的气息依然很浓，这是在别

处难以找到的。我的儿子虽然已经毕业有了工作，早离开了这里，但只要一到芝加哥来，还是愿意住在这里，和同学有着说不完的话。同学，同学，这真的是一个奇妙的称谓，永远充满青春的感觉，所有的回忆都是温馨的。

在我看来，这里更像北京的四合院。因为楼的各家阳台都是相向而建的，又不像现在北京的楼房全都是封闭，因此，一家人喊另一家人，不用下楼，即可以隔楼相望，听见后招招手，非常像北京四合院里，街坊街邻，抬头不见低头见，一声招呼，满院都听得见，一家炒菜炝锅的葱花味儿，满院能够闻得见。更何况，哪家来了客人，其他几家都下楼来，凑在院子里，奉茶待客，谈天说地，院子成为了公用的大客厅。院子里，有几张室外木桌木椅，到了饭点儿，各家从各家的厨房里端出自己的拿手菜，放在桌子上，香气四溢，大家也不用客气，边吃边说，那种集体生活的感觉，特别像我曾经在北大荒时知青的聚餐，大桌前一围，大碗喝酒，大碗吃肉。

这一天，因为是复活节，有几家的父母也从美国其他地方赶来。增加了几个老人，更像是家庭聚会，节日的气氛频添。各家都已经早早备好了丰盛的菜肴，凉菜热菜五彩纷呈，西餐中餐各显神通，啤酒红酒排列成阵，还有烧烤，有肉有串。最受大家一致欢迎的是来自法国的一位博士，以前曾经做过厨师，这一天最后出场，亮相一盘烧羊肉，味道鲜美，不一会儿，就被大家一吃而光，又紧跟着上了一盘。

人多，椅子不够，人们坐的坐，站的站，不管坐的还是站的，都需要来回走动，因为，菜多，分散在几张桌子上，聚餐成了自助餐。看他们尽情地吃，尽情地聊，让我感觉，学生时代真的美好，人的一生中，唯有学生时代，人和人之间的感情最为真纯，人和人之间的友情最无功利，人和人之间的关系最清澈如水。尽管校园和社会只隔着一堵墙，而且，如今完全商业化彻底世俗化的社会刮起的风，长驱直入在校园里横冲直撞。但是校园毕竟是校园，尽管不得已让自己随风而变，内心的一角还顽强地保留着属于青春的清新小天地。

这些博士和博士后，来自法国、德国、美国、荷兰、韩国、我国香港……这么多国家和地区，集中在这里，让这里像一个小小的联合国。但这里不是世外桃源，对于他们，存在着和我国博士生一样的苦恼，学习和生存的压力，毕业之后寻找和选择工作的烦扰，远离家乡漂泊在外思乡的苦恼，孩子上幼儿园读小学择校的麻烦，购买房子需要首付的经济拮据……全世界都一样，这些人生的困扰，影子一样紧紧地跟随着他们，怎么也难以突破重围。他们愿意住在这里，即使毕业了还是赖在这里不走，其中很大的一个原因，便是这些苦恼和忧愁，既是属于自己的，也是属于大家的，大家凑在一起，彼此彼此，便可以相互宽慰，起码不会放大这些烦扰和苦恼，相反可以化解并稀释这些苦恼和忧愁。彼此信息共享，还可以让已经是山重水复疑无路的时候，突然柳暗花明又一村。

在这些博士中间，我认识两位，一位是美国人叫麦斯，妻子是韩国人，他们有两个男孩子；一位是香港人叫真真，丈夫是法国人，他们有一个可爱的女儿。他们的恋爱都是在校园里，他们结婚，生子，乃至现在的生活，都还在校园里。校园成为了他们青春的延长线。长期浸泡在校园里的人，和别处尤其是商圈或官场出来的人，绝不一样。他们很少有那种世故与势利，更没有那种铜臭和官架子。他们的学问都非常高，各有各的专长，但他们都非常谦虚，非常真诚，即使自己遇到了困难，没有我在国内见到的一些年轻人的抱怨或自怨自艾甚至悲观丧气。他们总是那样的乐天，总相信天空中不会每天都出星星，但也不会每天都下雨，因此，他们的行为准则和人生态度总是：莫听穿林打叶声，何妨吟啸且徐行。他们都已经毕业两年多，一直没有找到合适的工作，生活的压力都在另一半的身上。前年，麦斯的父亲病故，只给他留下一辆车和三万美金，还有一个住院的多病的老母亲，需要他定期回去照顾。

复活节这一天，见到他们两人和他们的家人，看到他们依然和以前一样达观。我想起我们的一些大学生，常常会把本该自己对付的困难抛给了父母。不仅是工作，还有房子的购买和孩子的照看，乃至日常的饮食起居，似乎都是父母应该替代他们承担的。他们就像永远长不大的孩子，而麦斯和真真却早已经将自己的羽翼交付给了风雨去洗礼。有时，我会想，我们的教育真的是在哪里出现了问题。因为教育的本质，不仅仅是知识，而是教育一个孩子如何做人并成人。

吃饭的时候，我问麦斯，你们这么多的博士，这么多年，为什么能够这样的团结，这样的热闹？

他告诉我，我们把我们这个院子里的人起了名字，你知道叫什么吗？

我问他叫什么？

他说叫绿树公社。

这是一个有意思的名字，像中国的名字，因为我们有人民公社。

他说公社就是属于大家共有的，在这个公社里，大家像一个人一样，我们和我们的生活就有了意思，你懂吗？

或许，我懂得。在这里，他们可以抱团取暖，彼此给予一些鼓励和激励。这是一种精神的共享资源，心灵上的共有绿洲。

在那一瞬间，我想起了在上个世纪三十年代，上海出现的亭子间，或许有些像他说的这个公社的意义。那时候，一些贫穷的大学生或毕了业却失业或刚刚工作的知识分子，没有钱租住好的宽敞的房子，只好挤在了亭子间里。但是，在那些亭子间，曾经出现了多少不畏惧困难并且有能力克服困难去创造新生活的有志人才。鲁迅先生就曾经住过这样的亭子间，并写下了《且介亭杂文》。我相信，世上很多事理是相似甚至是相同的，有过这样在公社和亭子间的历练，人会变得更加富于柔韧性，更加增添坚强度，还有亲和力。

我问他为什么把你们的这个公社叫绿树，有绿树郁郁葱葱一样的含义吗？

他说那倒没有，因为我们这个院子前的街道名字叫GreenTree。

这真的是一个好名字，不管麦斯和他的这些博士们怎么认为，我是觉得这是一个一语双关的名字。

那一天，阳光真好。在这个芝加哥的四合院里，虽然缺少了一个传统复活节砸蛋的节目，但却充满了节日的欢乐。大人们还在开怀畅饮，孩子们早早吃饱了，正凑在一起追跑打闹，叫声和笑声水珠四溅一样荡漾。墙角的花已经迫不及待地开了，这一年芝加哥的春天，来得早些。

半年之后，我离开美国，从芝加哥乘飞机回国的前夕，听到了麦斯和真真双双找到工作的好消息。他们前后找到了都不错的工作，麦斯已经到了纽约大学去教书，真真也就要赴新加坡南洋理工大学去当老师。我在心里由衷地祝福他们，也祝福他们这个芝加哥的四合院、亭子间、绿树公社。

绿树公社，即使我见过的这些博士生都毕业了，都找到了自己的工

作，都离开了这里，我仍然希望芝加哥大学能够保存着这个博士居住的绿树公社，保留着年轻人心存梦想和清纯的绿意葱茏的一角天地。那样的话，时间久了，就会成为历史，绿树公社就会成为芝加哥大学一道风景，就像当年莱特（F.L.Wright美国著名建筑设计家）专门为芝加哥大学设计的罗比住宅一样，成为了芝加哥大学的骄傲。

2015年1月10日写毕于北京

图书馆和二手书店

到美国来，吃的不习惯，语言不习惯，交通不习惯……但是，借书却让我感到非常的习惯，不仅习惯，而且，比国内感觉更为方便。

在美国，我喜欢去当地的图书馆。这样的图书馆，一般分两类，一是大学图书馆，一是社区图书馆。大学图书馆，不像我们这里不对外人开放，比如我们的北大或清华大学的图书馆，不要说你是外乡人，就是住在北京，哪怕就住在他们大学附近，要想进去借书，就是非常困难的。

第一次到美国，是八年前，我住在芝加哥53街，芝加哥大学的图书馆在57街，15分钟，就可以走到那里，我常常到那里去。那是一座5层的高楼，外表的装饰很有趣，一扇扇窗户之间，用一块块灰色的水泥墙相隔，那一块块水泥墙，做成了一本本书的样子，远远地望去，像是悬挂着一本本厚厚的书籍，如果是晚上去，在灯光的映衬下，像是一本本打开的书，满天的星星仿佛是从那些书中跳出的文字。

到那里去借书，很方便，只需要办一张出入证，就可以进去了，因为常去，看门的那位黑人都认识了，连看出入证都不看了。一层有问讯处、外借处，还放着许多电脑，供人们上网用，上面几层存放着图书，分门别类，全部开架，五层存放的是中文图书，还有一点日本和韩国的图书，应该说中文图书藏有量是很多的了，起码比我们的一般大学还要多。只可惜，这里的中文书都是新中国成立以后出版，民国时期，或再早一些时期明清的图书，要到地下一层，那里的书多，用的是电子书架，不如上面五层查阅方便，遗憾的是地下一层正在修理，没法到那里借书了。

由于在国内借书麻烦而且路程远，我已经很久没有进图书馆了。初次走入芝加哥大学图书馆，书架顶天立地，一望无际，如入茫茫大海，真不知该从哪儿下笊篱。其实，找书也很方便，到处都是电脑，如果找中文书，即使不会英文，只要在电脑上用英文字母打上中文的拼音，或书名，或作者，屏幕上就可以显示出来，告诉你在几层在什么位置。然后你走到那里，如探囊取物，非常简单易行。出于好奇心和虚荣心，我将我自己的名字打上去，电脑屏幕上立刻出现了我的11本书，按照它的提示，我轻而易举地找到了我的那11本书，整齐地排列在那里的书架上。

每一层都有宽敞的阅览室，那里有隔开的书桌便于独立学习，也有舒适的沙发便于小憩。我常常选择沙发，抱着一摞子书，像刺猬一样蜷缩在那里，直到看累，或者看完。也无须你自己再把书放回原处，只要放在阅览室前面的书桌上就可以了，自有管理员将那些书诸神归位。

三层专门开辟了一间阅览室，里面藏的都是中国美术方面的书，几乎有关中国古今画家所有的画册，都能够在那里找到，不外借，只能够在那里看。我在那里看完了厚厚十几大本的《齐白石全集》。有意思的是，有一次看见一个人抱着一摞画册坐在我的身边，看模样像中国人，还以为他乡遇故知呢，一打招呼，他根本听不懂中文，用英文问，才知道是韩国的学生。

如果你想找的书，这里没有，只需你把书名告诉给管理员，他们会替你在全美国的图书馆里查找你要的书，然后由那里寄过来，借到你的手中。因为那时候我正在为作家出版社写一本有关北京八大胡同方面的书，需要看看当年在八大胡同风云一时的赛金花方面的书，特别想借一本1934年出版的由赛金花本人口述，刘半农和商鸿逵笔录的《赛金花本事》，这里没有，但没过几天，这本书就到了我的手里，我看封面上的借条，写着的是从印第安纳大学图书馆邮寄来的。往返的邮费，并不需你出。真正的文化资源共享，而且渠道畅通，非常快捷，想是已经习惯成自然，只有我感到有些新鲜罢了。

最让我感到新鲜的是外借之后的还书，图书馆一楼大厅里有两个还书的大桶似的东西，因为是紧紧地贴在墙边，而且还有一个斜着掀开的盖子，开始，我很有些"老外"，以为那里是我们这里楼道里常常看见的垃圾箱。谁想到，还书，就把书扔进那里就行了。那里的桶有两个，一个是归还从本图书馆里外借走的图书，一个是归还像我借《赛金花本事》一样从别处图书馆里借来的图书。起初，我好奇之外，还担心，就这样跟倒垃圾似的往那里一扔，万一哪个环节出了问题，谁能证明书是你还了呢？但是，我的担心不仅是多余的，而且显得小儿科那么的可笑，这里的学生告诉我，从来没有听说有这样的情况发生。

巧不巧，这一次来美国，我就住布鲁明顿，正在印第安纳大学附近，去印第安纳大学图书馆很方便。第一次进图书馆，想起八年前曾经从这里借过那本《赛金花本事》的事情，觉得有些恍然如梦。和芝加哥大学图书馆一样，它的中文藏书也是藏满图书楼的整整一层。有意思的是，这里居然也有我的五本书，让我小小的虚荣心得到满足。到那里借

小红梅镇的书虫书屋（BOOK WORM）　FU XING 2013年10月

书，没有限制，只要你拿得动，借多少本都可以，每一次，我都会满载而归，被那些书压得腰酸手疼。但是，在那里读的书，比在北京几年读得都多。

印第安纳大学还有一个美术图书馆，是我更爱去的地方。它在印第安纳大学美术馆的二楼一侧。图书馆的另一个门连接着大学的艺术系，方便了学生的借阅。印第安纳大学美术馆是一座现代建筑，由贝聿铭设计，它所连带的美术图书馆，也非常现代，而且，非常的宽敞明亮，还清静。

第一次去，不知道是否可以让我这个不速之客进，但坐在图书馆入口处办公桌前的一位女工作人员，只是对我微微一笑，便再也没有搭理我，我才大摇大摆地进去了。这个图书馆的美术藏书，非常丰富，每一区域的书架上方，用不同颜色的标签，标明图书的种类，比如是古典、现代，是油画、木刻还是摄影，等等。然后，按照画家的姓名字母为序排列，方便查找。书架呈L型排列的图书馆的两侧，其中一侧是二层，其余两侧，有窗户，墙壁挂有几幅现代派的油画，中间便都是阅读空间，显得非常宽敞，一排排的桌子上有纸和笔，供你书写或临摹画册绘图，随手记录一些什么。那里非常安静，有时候，经常会只有我一个人，独自享受美国纳税人的钱滋养的公共服务，会忍不住想起我们的图书馆，心里暗暗叹气。空旷的图书馆里，明亮的灯亮着，我常常会看到图书馆关门。在这里，你看过的画册，不必再自己放回原处，自有工作人员帮助你打理放回。只是他们的工作太认真，速度也太快，好几次我找了几本画册，放在桌上，再去别处找书，等我回来时，发现放在桌上的书，已经被他们放回原处。

在美国，每一个社区都有自己的公共图书馆，免费开放，可以就近借阅，这是衡量一个社区好坏的一项硬件指标，乃至决定该地区房价的高低。这里公共图书馆的费用，来源于纳税人，算是取之于民用之于民。因此，凡是居住（包括买房和租房者）这里的人，都可以免费借书，无偿使用这里的一切设施，享受他们的良好服务。

前几次来美国，我住在新泽西，常去的一家社区图书馆在平原堡（Plainsboro）的小镇。在那里，除了教堂和超市，就属它显眼。由于是刚刚翻建，一幢三层的红楼，分外簇新醒目，远远地就能够望见。它占地面积很大，还有开阔的停车场、花坛和喷水池。我是没有见过我们的社区里出现过这样堂皇的图书馆，即使是我们区县的图书馆，也很少见到这样漂亮轩豁的建筑。我们新建的高档社区，一般愿意建双语幼儿园，是不会建什么公共图书馆的。表面看，幼儿园和图书馆都和教育相关，但本质的区别在于，幼儿园可以高额收费，图书馆却是免费的。

我第一次来到平原堡图书馆时，真的有些惊讶，心里暗想，如果我们的社区附近也有这样的公共图书馆，出家门没几步就可以借得书看，那该是什么劲头？我们常常在读书日时呼吁人们读书，却舍不得在公共图书馆的建设方面投资。看当地报纸介绍，新泽西州各市镇给予图书馆的财政拨款，一般是年人均40美元至50美元。如果是一个5万人左右的小镇，每年政府对于图书馆会有200多万美元的投入。我不知道我们的图书馆年人均会有多少资金的投入，我只是见到北京图书馆和首都图书馆，如今是建得堂皇无比，却从来没有见到过什么社区图书馆的建立。

平原堡的公共图书馆里，一层是宽阔的阅览室，书桌上配备着电脑，供人随时无线上网。一侧有沙发，供人读书读累的时候休息。最里面是一排排的书架，上面陈列着各种杂志和报纸，其中有我们的人民日报海外版。最吸引我的是，居然有那么多的CD唱盘，比我们一般的音像店里的品种还丰富。只要有足够的耐心，可以挑到你想要听到的古典和现代音乐唱片。我居然找到在北京多年没有找到的德国音乐家布鲁赫弦乐作品的专辑，和美国黑人男低音歌手保罗·罗伯逊1956年在卡内基音乐厅的现场录音。

靠墙的一侧立着几个顶天立地的卡通人和卡通动物，因为这里马上要举办儿童讲故事的活动。举办各种活动，特别是为孩子们服务，是社区图书馆的功能和要义之一。前几天看报纸，知道附近不远的Camden市的三家社区图书馆，因市政府预算缩减将要关闭，遭到不少人的反对，由此还举行了抗议活动。原因之一，不仅居住在那里的人们无法借书，更重要的，社区图书馆是贫穷的孩子们阅读上网，消暑避寒，乃至用那里的电脑完成作业的地方，关闭了社区图书馆，将让这些孩子无处可去。这就是社区图书馆为什么都要有public，强调自己公共的性质。

在这里，公共空间的必须保证，成为了普通百姓的权益，而不仅仅是福利，是锦上添花或花瓶摆设。

这里主要的图书藏在二层，一排排的书架分门别类，全部开架，非常好找。其中靠边的两排书架，是中文书。这个社区在新泽西州华人居住比较集中，中文图书是专门从我国大陆、香港和台湾采购的。在这里，我看到了邵燕祥、李国文、张洁、汪曾祺、刘心武、叶兆言、陈染等熟悉作家的书，颇有种他乡遇故知的感觉。有意思的是，还有我前两年出版的两本书躺在书架上。悄悄地抽出来，看到后面借阅卡上打印的还书日期，心里有一种异样的感觉，在异国他乡，不知是哪位素不相识的同胞，看过了我这薄薄的小书？

三层是儿童天地，沿墙摆着好多可爱的动物雕塑，中间的桌子上有儿童电脑和游戏机。各类图书，适合于不同年龄的孩子，靠窗的窗台上，摆着一套22本的儿童百科全书。还有几个儿童活动室，里面有玩具，有彩色的活动板房，居然还有一个儿童讲台和话筒。孩子们的故事，就在这里开讲，一切布置得有模有样。可惜，我没有赶上这样的活动，不过可以想象这里如同幼儿园一样的热闹，成为了孩子们的一方乐园。

这里还有一项服务，让我非常感兴趣，也非常受益，就是你想找到的书或音像制品，一时没有找到，或者你一时没有时间来图书馆，可以上网查找。图书馆有自己的网络系统，将新泽西州若干社区图书馆里的图书和音像制品都编录在册，根据书名或作者名，在网上一目了然，各图书馆资源共享，你想借阅什么，只要用鼠标轻轻一点，他们就可以帮助你查找，即使是别的社区图书馆里的藏书，也可以帮你借到，等你有工夫来图书馆借书时，他们会把书借给你。我就是通过这样的方式，从别的社区借来了肖斯塔科维奇的弦乐四重6碟套装的CD，卡鲁索的老唱片，以及布洛松的摄影作品集《男人，肖像和世界》，还有邵燕祥去年在香港出版的新书。其往来之间的邮递费用，无须你来支付。公共图书馆的"公共"性质，方才真正地体现出来。作为纳税人的地位，方才凸显而让你感觉有点儿底气足，腰杆壮。

我想起前几年到北京图书馆借阅法国勒庞《群众心理学》1920年版的译本。先交100元办理借书证，从电脑里查到了这本书，但北京图书馆没有，仅存书的胶片缩影版，在吉林图书馆收藏。便从北京图书馆里要来吉林图书馆的联系电话和伊妹儿地址，回家后先给吉林图书馆打通了长途电话，转了几个电话，终于转到了图书借阅处，他们也记下了我要找的书目，和我的通讯地址，但接下来便没了消息。我只好再用伊妹儿给他们发信，明确写明所有翻印和邮递的费用均由我付，先后几封，均石沉大海，最后失去了信心，也失去了再去图书馆的兴趣。和美国普通的社区图书馆相比，我们的这些图书馆的硬件设施和图书藏品要丰富得多，差距却是这样明显的存在。其中差距之一，图书馆藏书不是目的，能够尽可能方便地把书借出去，才是目的，也才是本事吧。

近日，在这里借到何兆武教授的《上学记》，书中专门有一节，题目就叫"图书馆不是藏珍楼"，他说："图书馆的作用是什么？应该是尽最大的可能把书让大家看到。可是按照我们现在的观点，图书馆是国家的财富，我们要尽量地把它保护好。"看来，对于如今图书室的意见，不止我一个人。我们的图书馆，更讲究外表的堂皇，讲究藏书的丰富，却不怎么讲究怎样更方便将图书借出去让人阅读。我想起有一年的夏天到宁波的伏跗室，那是一座历史悠久的藏书楼，以藏有珍贵的宋版书而闻名。那一日赶上他们晒书，将那些有些发霉发潮的藏书都搬了出来晒太阳。如今，我们不少图书馆已经和伏跗室差不多，藏书胜于借书，并以此为荣。

有一次去图书馆，忽然看见一则告示，说近日将要取消新泽西州社区图书馆联网借阅的这项服务了。原因没有解释，但人们都清楚，美国的经济还没有好转，一切需要节约开支，精打细算了。但对他们的倒退，心里还是有些惘然。

这一次，来布鲁明顿，这里的社区公共图书馆，是我常去的地方。图书馆位于布鲁明顿最繁华的第五街上，对于一个只有6万人口的小城，图书馆不算小。当然，我也去过印第安纳公共图书馆，那里比它大多了，也气派多了，但那里毕竟是州府所在地，人口也比它多。布鲁明顿公共图书馆，是一座二层楼，地下一层是儿童阅览借阅区。这是这家图书馆最大的特色，它的儿童图书馆藏相当丰富，较一般社区图书馆要丰富得多。它的书架都很矮，便于孩子们找书。一般世界各国出版的英文儿童图书，这里都可以找到。所以，这里的父母一般可以不必到书店为孩子买书，这里应有尽有，能够满足家长和孩子的不同需求。而且，儿童活动的区域也开阔，玩具也多，还置办好很多彩色铅笔和纸张，供孩子们在这里尽情涂鸦。每次去，都会看到这里比楼上显得人气旺盛，大大小小的孩子们在这里玩得很是开心尽兴。我也常常坐在那里，一边陪孙子玩，一边用那里的纸笔，画那些正在玩耍孩子的速写。

唯一有点儿遗憾的是，这里没有一本中文藏书。能够弥补这一点遗憾的是，图书馆前小巧玲珑的花园前，有一组白熊的石雕雕刻得线条流畅，很有现代味道，绝非出自凡人之手。尤其是在黄昏时分，落日的光线下，显得非常柔和，仿佛那几只熊随时可以走进晚霞之中。孩子们常常会骑在熊身上玩耍，无形中增添了孩子们的新天地。难怪这家图书馆是孩子和家长的最爱。

社区图书馆的图书会定期进行更换，这样就会淘汰一些书，去图书馆便会有意外的收获。记得住在新泽西，这一天也碰上了意外的好事。图书馆在处理淘汰的旧书，已经卖了两天，这是最后一天，便宜得如同我们这里菜市上卖菜"撮堆儿"，每人给你一个大塑料袋，只要你能够装下，随便把书往里面装，每袋只要3美元。我挑了11本书，其中包括《罗丹作品集》、《美国人喜欢的木刻》、《时代周刊漫画集》三本画册，麦斯维尔的《白鲸》、《滚石杂志音乐评论》几本好看的书，还有几本中文书，中央编译出版社诺贝尔文学奖获得者埃利亚斯·卡内提的《群众与权力》，江苏人民出版社的凯特·米利特的《性政治》，和台湾版的弗朗兹·法农《黑皮肤白面具》。捡了便宜似的，得意而归。

心里便想，社区公共图书馆的功能，不仅在于藏书和借书，还有卖书这一项呢。而所有的这一切，都是使得自己的各种图书，更方便让更多的人各得其所的能读到。遗憾的是，来布鲁明顿两回了，都没有碰上一次这样的机会，或许，是我来的时候不对，错过了这样的机会吧？

在美国，我还特别喜欢逛二手书店。几乎每一座城市，甚至一些偏远的小镇上，不少也会有一家二手书店，并非顾客盈门，相反一般都是门前冷落车马稀，屋内没有几个人，甚至没有一个人，静寂得如同进入深山老林。那种空旷而显得多少有些神秘的气氛，一下子隔开了市声喧嚣，仿佛突然进入童话里的一座宝窟。那满架满屋的旧书，就是深藏在那里的宝贝，等待着你去寻找，去敞开地拿，过不了多一会儿，时间就到，宝窟的大门就要訇然关闭。那情景，让你喜悦，兴奋，跃跃欲试。

每一次到一座陌生的城镇，我都要寻找这样的二手书店。每一次进入这样的二手书店，我都会涌出这样的感觉。记得第一次在芝加哥的一家二手书店，忘记了书店的名字，那是一家下沉式的屋子，里面黝黑，灯光幽暗，更像是进入了一座深山宝窟，黑暗中似乎到处暗藏杀机，却也到处埋藏宝贝，需要有一种探险的精神。那些旧书散发着一种潮气味道，就像是地上萋萋的野草和蘑菇久住森林，浑身弥散着森林里潮乎乎的味道一样。不知什么时候，就会有七个小矮人或白雪公主，从那些潮乎乎的书页间跳出来，给你意外的惊喜。

说实话，那里的书我基本读不懂，因此去的次数不少，却没有买过一本书。我喜欢那里的氛围，那种氛围，让我充满想象，还有回忆。记得我读中学的时候，图书馆的老师破例允许我进里面去挑书，里面有一间阔大的屋子锁着，老师为我破例打开门锁，一屋子藏的都是旧书，由于屋子黑暗潮湿，那些旧书也散发着一股潮乎乎的土腥味儿。由于我们学校是一所百年老校，所以里面藏的书就是解放以前的旧书，我真的有一种深山见宝的感觉，因为那时候我从来没有见过这样多的书。想想那时的情景，就像过去说的一句老话，说是听见国际歌就能找到自己的同志，如今闻到这种熟悉的潮乎乎的味道，就会想到少年时找书读书的情景，书的亲切感便会同青春的记忆一起油然而生。

后来，在新泽西，我常到两家旧书店去，一家叫"书虫书屋"，一家叫"夜莺二手书店"。它们都在不起眼的小镇上，像是远避尘嚣的隐士。同许多二手书店一样，那里没有什么人光顾，却占据了很大的空间。"书虫书屋"是一座三层小楼，百年以上的楼龄，让楼和旧书匹配而相得益彰，很有些古道西风瘦马的感觉。"夜莺二手书店"是一座平层，前面是宽阔的阅读区，摆着沙发和桌椅，对着一面轩豁的玻璃窗；后面是几间屋子，书架顶天立地，装满都是旧书，它兼卖旧CD，所以

还挤满着封套花花绿绿的各种CD。和年份悠久的"书虫书屋"相比，它的年份不够，屋子显得有些新，书也没有"书虫书屋"那么多，但有一点，它很特别，每一间屋子里都有沙发，你可以坐在那里随便读书。有一间屋子，沙发的对面的墙上悬挂着的是一幅作家斯坦贝克巨大的照片（这大概是老板的所爱），让你有一种和前贤面对面交谈的感觉。这样读书的氛围，和前厅的阅读区相呼应，仿佛它不是为了卖书，倒像是一个阅览室。老板坐在那里，姜太公钓鱼一般，只管愿者上钩。老板的收款台前，兼卖咖啡，如果你买一杯咖啡，坐在那里喝上一个温暖的下午，一窗新绿鸟相呼，清风和以读书声，是一个非常惬意的选择。

"书虫书屋"，似乎更值得说说。最先吸引我的是"书虫书屋"的名字，这个名字起得真好。不知道世界上其他的地方，还有没有也叫这样名字的书店，在北京，没有。北京，如今愿意把书店的名字起得雅致一些，"三味书屋"呀，"风入松"呀，"国林风"呀，"万圣"呀……尽管读书风气日渐衰落，但驴死不倒架，书店的名字还是要起得有那么股子"书中自有黄金屋，书中自有颜如玉"的味道。其实，读书没有那么多的高雅，也没有那么多的实用价值，黄金和美女，过去的读书人可能有这样的福分，如今能够拥有这两样宝贝的，是权力和关系，它们早已打败了书籍。读书，是最朴素的一件事，用书虫比喻真正的读书人，是这样朴素的表达。我喜欢。做一个书虫，如今已经不如做一个掮客容易了。

"书虫书屋"年头比小镇年轻，它建于上个世纪的七十年代。是一座我们这里称之为的独栋别墅（在小镇所有的建筑几乎都是独栋别墅），两层楼，进门左右两间，往里面走，还有两间；房门正对面是窄小的木楼梯，走上楼，格局一样，也是对称的四间，典型美国老式住宅。书架高抵屋顶，地上地下堆满都是书，几乎难以下脚。每间屋门上都有标识，写着书的种类，历史，小说，诗歌，画册……很方便查找。

一楼左侧房间专门卖儿童书籍，我在那里面看到很多上个世纪五六十年代甚至二十年代的童书，有的扉页上写着父母当年赠送儿女留下的文字，感到特别的温馨。那些特别的文字，经过岁月的发酵，像是陈年的老酒一样散发着动人的芳香，让那些发黄的纸页有了感情和生命。

一楼右侧是书屋办公的地方，四周被书籍包围，书桌上摆着电脑和计算机，作为结账之用。书桌对面的柱子上贴着一张旧报纸，上面刊载着半版对书屋的报道，还有一张照片，照片上书桌前坐着一个胖胖的老头儿，书屋的经营者，我每次来，都能看见。不管有人没有人买书，他都坐在那里，有时候翻一本书，有时候参禅入定般枯坐，不知会有什么心思飞出窗外，在小镇上游荡。

从报纸的报道上，知道这里的书一部分是主人收购来的旧书，一部分是小镇居民把看过的旧书捐献给书屋的。书屋里的书越来越多，有一次，我不是从住地而是从其他地方玩完之后，顺路拐了一个弯儿到这里来，车子走到了它的后门，方才发现后门的屋檐下和草坪上摆满的也是书，不知道到晚上书屋打烊后，这么多的书，该怎么收进屋里，或者就这样放在外面看星星？

只是，每次来书屋，看到的读者稀疏零落，心里想，这样冷清，如何赚钱，如何维持呀？北京好多这样个体经营的书屋都先后倒闭了。看书屋的主人却一副恬淡自如的样子，不管潮起潮落，任凭云卷云舒，好像图的就是爱和书厮守在一起的一个乐儿，仿佛那些书就像是他的恋人和孩子，或者如农人田里的那些谷粒麦穗和牛羊。反正房子是自己的，经营成本不高，天天书香弥漫，自得其乐，自给自足，这才方显书虫本色。

印象最深的是，我在这里花十美金卖了一本《500年世界文学书籍插图集》，花二十美金买了一册《梵高的速写》，都是难得一见的好书，便宜得很。还有一套七卷本的《奥尼尔剧本全集》，深墨绿色布面精装，上个世纪六十年代的奥尼尔去世不久的老版本。每本七八到十一二美金不等。第一集的扉页上还有购书者的签名和留言。每次去看，都想买，但因英文水平太差实在是看不懂，只好依依不舍又放回了书架。

"书虫书屋"对面是一家叫作"蓝公鸡"的法国小餐馆，那里卖一种一个两磅重的杏子面包，特别好吃。每一次去"书虫书屋"，买一两本旧书，再一个杏子面包，精神食粮和物质食粮，便都有了，真的是最大的满足。

我一直有一个梦想，开一家小小的书店，取名叫"复兴书屋"。尽管只是止步于心里而没有任何行动。每一次重到"书虫书屋"，这个梦想就在心里蠢蠢欲动，想如果真的能够有这家"复兴书屋"，会是一种什么情景？暗想，应该就是这样子吧？即使没有它两层楼这样的大，哪怕只是一间窄窄的小屋，但那种悠闲恬静，那种只问耕耘不问收获的劲头，那种细考虫鱼、广收草木在书中自娱自乐的情趣，那种架插魏晋、桌摆唐宋在书中得意满足的劲儿，应该相差不多。真的羡慕这位老头儿，羡慕这家"书虫书屋"。

前些天，去了一趟辛辛那提，在第九街上看到一家二手书店，名叫"俄亥俄书店"。这个名字起得有点大，没有"书虫书屋"起得俏皮，没有"夜莺二手书店"起得诗意。但它前面不远确实就是俄亥俄河，河上有老的铁桥，倒也算是名副其实。它的门面很有些像是卖新书的正规书店，大门两侧左右对称的两扇大玻璃窗里陈列的都是书，哼哈二将一般对峙，大门上面还有一溜遮阳篷，上面整齐地书写着店名。和一般只是利用旧屋开店的二手书店相比，它显得有些气派，如果前者朴素得像个村姑，它像是梳妆打扮过后的半老徐娘。进得门去，里面除了老板之外，只有我一个人，屋子径深很长，足有二十米，楼上还有一层，四围书架，中间书台，立体多维，书天书地，还堆满了过去年代的招贴画，类似我们这里卖的民国美女的月份牌。从我进门到我转了一圈出门，老板只顾低头看他的报纸，抬头看我一眼都没有。心想，书店这样的凄清，老板该从哪里赚钱，来维持这样一家规模和气派都不算小的书店？如果换在我们这里，地处闹市不远，上下两层漂亮的小楼，书店早就改换了门庭，做餐馆，做服装专卖店，哪怕是做房屋买卖的中介店面，都远比做书店赚钱。

最有意思的是，出了书店的门，发现它紧挨着一家的店铺竟然是棺材铺。辛辛那提街市店铺排列真的是有点意思，竟然把书店和棺材铺排列组合在一起。或许，美国人不讲究这些，就像他们的屋子和墓地有些也会亲密地挨在一起一样。生死连在一起，而生死之间是离不开读书的。

在布鲁明顿，没有看见二手书店。在印第安纳波利斯，听说有二手书店，但没有找到，只找到一家二手照相机店。不过，只要有就好，有就有了一份留待下一次去的念想。一座城市，怎么能没有一两家二手书店呢？那会像是一朵漂亮的七色花，少了一种颜色。

2015年1月13日改毕于北京

百年冰激凌老店

哥伦布市是美国中部一座漂亮的小城。尽管在美国历史算得上老，建筑却显得格外新，拥有全美国包括贝聿铭、莱特在内的很多著名设计师的作品，号称美国建筑的博物馆。加上人口少得只有四万多，清静得犹如世外桃源。华盛顿街是它的一条老街，店铺鳞次栉比于街道两旁。由于我到这里是周日，很多店没有开门，整条街更显幽静。已经是晚上七点多了，太阳依旧灿烂，从街树的枝叶间筛下一地金色带绿的光斑。

唯独街南端路东的一家店很热闹，门前停着好几辆小汽车，窗前露天餐桌前坐满了人，便好奇地走了过去。是一家冰激凌店，店名写在门楣上，几个美术体的字母：ZAHARAKOS，不明白什么意思。但下面的一行小字，引起我格外的兴趣：店自1900年开业。也就是说此店有113年的历史，和哥伦布市的历史几乎一样的长。

虽然胃一直不大好，没有吃冰激凌的打算，还是忍不住推开了店门，对迎面走过来的服务员小姐说，能不能进去看看？她笑着张开双臂说可以。打量眼前的这家老店，发现门脸不大，但进深很长，足有二三十米，中间有一道镂空雕花的格栅，分隔为前后厅堂。格栅前是一个小圆桌，围着一圈小椅子，儿童的专座。前厅的一侧是吧台和收银台，古色古香的台灯闪动着迷离的光。整体装修得很是簇新，看不出来小店竟然有如此悠久的历史。棕色的地板、墙围和桌椅与仿古的吊灯，

倒是一起弥漫着怀旧的味道。本不想吃冰激凌的，却屁股很沉地坐下来，难得遇见一家冰激凌百年老店，尝尝它到底会有什么样的滋味。

　　服务员小姐走过来，递上菜单，并在桌上铺上一张印着店里陈设图案和店史简介的纸垫，知道了ZAHARAKOS原来是希腊人的人名，由希腊文转译而来。是两位叫作ZAHARAKOS的兄弟，不远万里从希腊来到哥伦布，做生意发了点儿财，搂草打兔子，带手开了这家冰激凌店。在这张纸垫上看到一架老管风琴，才注意到就在格栅的前面顶天立地立着，立过了百年的沧桑。刚才走过这个庞然大物时，竟然没有注意。这时候，才发现这家冰激凌店，同时还是冰激凌博物馆。

　　既然敢称博物馆，应该有展品才是。四下寻找，隔栅旁边敞开着一个通道，原以为通向操作间，走过去一看，别开洞天，里面和外面一样大，也就是说各占店铺面积的一半，其中一部分是操作间，大部分则是所谓博物馆的空间了。保留着一百多年前冰激凌店的模样，各种年代的冰激凌机和饮料机陈列在柜台两侧，贴墙的一角还立着两架和外面模样差不多硕大的管风琴，看旁边的介绍，知道是一百多年前芝加哥制造的一种可以定时自动奏响音乐的琴，里面储存着固定的曲目。一百多年前，人们到这里来边吃冰激凌边欣赏音乐，成为其引人的特色。靠近操作间的一面墙上，挂满冰激凌店的老照片，从店前停着马车到一辆福特轿车撞在店门前，车盖撞得掀起来，显示着时代的变迁，更显示着他家冰激凌的诱人无比，以致司机走神车撞店门，成为百年史的一则幽默的注脚。

问过服务员小姐，知道这家冰激凌店虽然百年来断断续续坚持着，毕竟有些老态龙钟，苟延残喘。一直到2007年，一位当地的富翁花巨资将这家老店买下并进行了重新装修，除了餐桌餐椅更换一新，墙壁的装饰风格，依然如旧，柜台及其上面古色古香的台灯，背后的冰激凌机，柜子里陈列的所有东西，都是原来冰激凌老店旧有保存下来的。店于2009年重张旧帜营业，方才梅开二度焕发新姿，成为了哥伦布市一处且老且新的风景，慕名而来的新老客人很多。人多时还有二楼，一共能容纳300人。

重新坐回座位，对这位富翁心生敬意。原因不仅在于他投资老店起死回生，更在于投资的目的：不为自己的名声，也不想靠老字号的招牌来盈利。试想我们这里的富翁一般的思路，怎么也会将店名改为自己的名字，冰激凌的价钱自然更会不菲。这里却依然延续叫着ZAHARAKOS旧名，而冰激凌的价钱很便宜，每份冰激凌1.99美元，每个冰激凌圣代2.99美元，最大的香蕉船6.49美元，甚至比有的店还要便宜。

哥伦布市圣·绳特教堂 FUXING 2013.9.5

　　这时候，突然管风琴的音乐响起，满屋响起浑厚的回声。所有的人都站了起来，涌向隔栅前的那架管风琴，欣赏音乐，更好奇地观看这个老古董是如何将音乐鼓捣出来的。这成为这一晚最精彩的节目，是老店送给大家的额外赠品。

2013年10月8日记于哥伦布市

塔夫特夫人的选择

在美国的城市里，辛辛那提不算大，却一直以为是座富有艺术气息的城市。对我而言，不为它有驰名世界的辛辛那提交响乐团和那古老而美丽的音乐大厅，更为它有家私人美术馆，给这座城市提气，为这座城市平添一抹异样的艺术色彩。

这座美术馆叫作塔夫特（Taft）。它坐落在辛辛那提第四大街附近派克街316号。离俄亥俄河很近，是一座漂亮轩豁的别墅。展厅在二楼，从二楼的咖啡厅可以步入宽敞的露台，从露台可以下到一层花木扶疏的花园。作为私家美术馆，它的规模足可以和巴黎一些大都市里的私家博物馆相媲美。

引我慕名而来的主要原因，是美术馆的主人安娜·塔夫特夫人。她是辛辛那提历史上第一位百万富翁塔夫特先生的独生女，从父亲那里继承下万贯家财，按照我们现在的说法，属于富二代。她完全可以过一种贵妇人的生活。看美术馆里陈列着她的雕像和油画肖像，雍容富贵，真有贵妇人的容颜和姿态。她不仅是富二代，而且属于美女级的富二代，无形中为她锦上添花。她的丈夫是位毕业于哥伦比亚大学法学博士的律师，收入不菲，家境也很富有。那么多的钱怎么花，是摆在所有富二代面前的一道人生课题。她对她的丈夫说，与其我们拿钱去投资股票或置办房产，不如用来投资艺术品。她的丈夫欣然同意。

　　他们一共拥有十个孩子，他们没有把钱给孩子们，却开始了艺术品的收藏。当收藏到一定规模的时候，他们没有把这些藏品送到拍卖会上，让其金钱的数字翻着跟头地上涨，而是将这些价值连城的藏品外加把自己住的别墅一并让出来，辟为了美术馆。

　　1931年，安娜·塔夫特夫人去世。1932年，美术馆在这座1820年建得的老建筑里正式对外开放。

在美术馆展览手册上，有一幅他们的全家福像，旁边写着这样一段话："欢迎来到我们的家，也是你们的家。这个HOUS，这艺术，属于你们，如果换一个视角来看，你们会有新的发现。"这就是塔夫特夫人和他们全家创建这座美术馆的意图，或者说是他们的心愿。当然，也是他们为那些万贯家私和自己心的归宿的一种选择。

这种选择，让我感动，值得尊敬。并不是每一位富二代都能做出这样的选择。我们看到的我们的一些富二代，更多的是如塔夫特夫人所说的那样，愿意选择投资股票和房地产，还有不少则愿意投资可以赚钱而喧嚣的餐馆酒店会所或影视，甚至可以一掷千金地豪赌，包养女人，去酒吧里胡作非为，花天酒地，醉生梦死。如塔夫特夫人一样愿意拿自己毕生的财富投资艺术品并创建美术馆，不为自己独自鲸吞，而让更多人一起分享，为社会服务，在我们这里还很少见。

二楼的十四个房间，成为了展厅。藏品很丰富，甚至有的藏品比我们一些国家博物馆还要丰富。比如，它的美术作品，从17世纪到20世纪，包括了伦勃朗、英格尔、特纳、科罗、卢梭、米勒的珍贵油画。其中有美国早期著名印象派画家詹姆斯·惠斯勒（JamesWhislter）的代表作《钢琴旁》，成为了镇馆之宝。还有一位辛辛那提本土画家弗兰克·杜韦内克（FrankDuveneck），他是辛辛那提美术的奠基人，他画的那幅有名的辛辛那提少年的油画也收藏在这里，如今被画成巨幅壁画，在辛辛那提的街头顶天立地，成为了辛辛那提的标志和骄傲。

它藏品另一个打眼之处在于中国瓷器，从唐代到清代，琳琅满目，每一个展厅，甚至走廊里，都在摩肩接踵密集地陈列着，真有些乱花迷眼。其中清康熙的瓷器尤为多，不少是在中国少见的外销瓷，外形和色

彩都有些古怪，有些替洋人做审美想象的东方意识。还有一个打眼处，便是很多展厅里都陈列着塔夫特夫妇的画像和雕塑，都是左右对称的匹配，仿佛依然蝶双飞一样在出双入对。看这些雕塑和画像，丈夫风流倜傥，夫人风姿绰约，会不会多少有些是画家雕塑家对他们的美化？马上又打消了自己这个小心眼儿的猜想，应该是对他们的敬意，难道不应该为他们的这种选择而心怀敬意和感激吗？

还值得一提的是，它每年都会从世界各地请来一些展览，作为自己的特展。这一点，和正规的美术馆一样，成为了必备和必须。今年它便有五次特展，我来这里，赶上的是美国早期摄影作品展，都是19世纪中期的作品，被镶嵌在项链坠、首饰盒或小型镜子里，成为了艺术，也成了历史。当然，这是需要花钱的。我们的美术馆常常也有一些莫名其妙的特展，不知是什么人的画和字，都可以堂皇入室地摆在那里，是为美术馆挣钱的。选择就是这样的不同，不仅仅止于富二代的选择。

2013年8月19日记于辛辛那提

2013年8月26日改于布鲁明顿

辛辛那提邂逅

到辛辛那提，正好赶上帕蒂·史密斯展在这里展出。这是一个规模极小又是小众的展览，心想去的人不会太多，谁想去了一看，竟然有这么多和我同好，一样兴致浓郁与这位女摇滚歌手有这样一次难得的邂逅。

展览在辛辛那提当代艺术中心，就在市中心，是一个玻璃墙造型很现代的展览馆。但在馆外面没有什么关于帕蒂·史密斯的信息，以为找错地方。四围走了一圈，才在玻璃墙最下面一角发现一张广告，纯白的白纸上，只有下方写着一行黑色英文字母小字：帕蒂·史密斯，再下面是一行更小的黑字：珊瑚海，这是帕蒂·史密斯1996年出版一本诗集的名字，也是这次展览的主题。黑白相间，倒也符合帕蒂·史密斯的风格。想起她的第一张专辑《马群》封套上的照片，便是上穿白衬衫，一件黑外衣搭在肩膀上，同样选择的是黑白色。

我对帕蒂·史密斯的兴趣，始自十多年前第一次听她唱的《因为这个夜晚》，便喜欢她的歌，从1975年出版的第一张唱片《马群》，买到她几乎所有的唱片，觉得她嗓音独特又敏感，情感细腻又奔放不羁，如雷雨前扯动那千疮百孔的风帆猎猎。帕蒂·斯密斯的出现，颇有横空出世的感觉，她以女性的视角和女性的意识以及女性的生命体验，为传统的摇滚注入了新鲜的血液，人们才开始从摇滚中听到了再

不仅仅是男人的声音，而终于有了女人对这个世界的发言，是那样的
超尘拔俗，石破天惊。

　　我喜欢帕蒂·史密斯的另一个重要原因，在于她与众不同的文学
素养，同时她还是一个天才的画家，早在年轻时就举办过她的素描
展。就文学方面，在摇滚歌手里，我以为除了鲍勃·迪伦，再无人能

和她比肩。但若论到绘画方面，鲍勃·迪伦也只能甘拜下风。1977年，30岁时出版了她的第一部诗集《通天塔》；1999年，出版了自己的文集，里面收集了她所写的歌词、笔记和思考录。这一年，她还上了《时代周刊》的封面。三年前来美国，尽管根本看不懂，还是出于敬意买了她刚刚出版的自传《只是孩子》（JustKids）英文版。当时觉得这个书名起的真是好，和我们爱说的"赤子之心"的意思相近，却更为平易而真实。可以说，那里有她和她的青春期的恋人、早逝的摄影家罗伯特·梅普尔索普的青春记忆，那时纯真的他们都只是孩子，小轩愁入丁香结，幽径春生豆蔻梢，出入在布鲁克林的小巷陋室，追求着他们孩子一般的梦想。

就在这一年，2010年的年底，她的这本自传获得美国国家图书奖非小说类大奖。虽然如今艺人出书，几近泛滥，但是，在摇滚歌手里，帕蒂·史密斯是一位绝无仅有的真正作家，绝非玩票，比好多自称纯文学作家的书更值得一读。

走进展览大厅，一楼空荡荡的，只有一面墙上顶天立地画着帕蒂·史密斯大半身像，包围电梯间的三面墙上也画着她的像，都是鲜红的色彩作底，黑色木刻作像，让我以为看见了"文化大革命"中我们的宣传画，真的有些触目惊心，和外面那简洁的黑白风格大相径庭，看不懂是什么意思。倒是电梯间墙上方帕蒂·史密斯像旁有她手写体的一句话："不要相信时髦"，或是给予我们的醒目警示？

展览在二楼，幽暗的空间，只有展柜和墙上的照片前有射灯闪烁，其余都是黑色，一下子和一楼拉开了距离，仿佛又回到帕蒂·史密斯《马群》的岁月里。色彩的反差，让人涌出上穷碧落下黄泉坐过山车的感觉。展览很小，展品不多，一面墙上，是一组房间里床之类的静物照片，不知道是不是罗伯特照的。另一面墙上，则是帕蒂·史密斯诗集《珊瑚海》的手稿，其中有她在诗稿旁边随手画的海的速写，逸笔草草，云淡风轻。在墙的尽头，是一幅帕蒂·史密斯手持花朵的黑白半身像，在《只是孩子》的书中见过，是罗伯特为她拍摄的。她写这一组《珊瑚海》诗的时候，他已经去世了七年。

仅仅两个玻璃展柜里，展出她各种唱盘和诗集，包括她的自传等书籍。最惹人眼目的是帕蒂·史密斯小时候的一组照片，一张青春恋人的照片，这张照片在《只是孩子》的书中见过，是罗伯特24岁的证件照，摄于纽约42街。从照片看，比帕蒂·史密斯长得英俊潇洒。还有那封帕蒂·史密斯自巴黎写给他的信，在书中也曾见过。只是那一双大码的黑鞋，和她的小山一样积满烟灰缸里的烟灰，未曾见过，显得格外突兀。灰白色的烟灰，如燃烧过的生命和走过的岁月之后的一个隐喻，又像她已经苍老的头发的颜色，不甘心呈最后彻底的苍白。

大厅的中间，摆放着一张破旧的单人床，白色的床单已经变得灰蒙蒙，觉得沉甸甸的样子。我以前看过她专辑里的照片，她就趴在这张破床上写歌写诗看书。记得她曾经说过这样的话："我不认为写作是一种安静壁橱式的行为，我认为写作是真正的体力活。当我在家里写东西时，我会疯狂，我会像猴子一样不停地动，全身的汗水会把自己弄湿。"那时候，实在想象不出她在床上写东西时像猴子一样不停地动是什么样子，看到这张单人床时，仿佛看到了她的那种样子，心里涌出酸楚，还有感动。

不过，这种痛苦也带给她快乐，这是我在她的歌和诗中体味不出来的。她喜欢兰坡、金斯伯格和威廉姆·巴勒斯。她不是那种拿文学来装点门面的人，她是将诗和音乐当成自己生命的人，她说过，在生活中除

了音乐就是写诗能给她快乐了。诗和音乐，在她那里被豁然打开，水一样横竖相通，载她泛舟、覆舟，也载她轻舟过万重山。

在展厅的一角，用透明黑纱围成的一座帐篷式的空间，从外面可以看见里面朦朦胧胧的光影闪动。走进去看，墙上挂着一道幕布，地上躺这一道幕布，一侧有凳子，坐在那里，眼前和脚下的水一起在动。是黑白电影或录像，是大海的波浪一波波地滚来又滚去。配有画外音，是帕蒂·史密斯的声音，她在用低沉的嗓音读她的诗集《珊瑚海》里的诗。那声音融合着波浪声，给人一种天低云暗雷声隐隐的感觉。那声音，和我时下在电视比赛中听多听滥的各种"好声音"，是那样的不同。那是一种只有真正经历过痛苦和艰苦的世事沧桑之后才能够发出的声音。想起在她自传里写过她年轻时和一个大学教授生下了私生子忍痛送人；中年时，丈夫、弟弟、青春恋人，先后去世……她经历了真正悲凉的生离死别，在唱她的歌读她的诗时，才会拥有发自心底的声音，而非桃代李僵式的虚情假意。她说过："痛苦流过我的血液，它们将会被找到。"她所说的"找到"，是在她的歌她的诗里找到的，那里有她记忆和生命的回声。

走出展览馆，阳光灿烂，没心没肺地照耀，肆意的在辛辛那提的街头流淌。压抑的感觉一扫而空。市中心的广场上，喷泉女神双手指缝间水花如天花一般从天而落，溅起一片欢乐声。工作人员正在布置广场，今晚将在这里举办露天音乐会。不知道帕蒂·史密斯会不会来，为我们一展歌喉，或和我们擦肩而过？

2013年8月18日记于辛辛那提

2013年8月26日改于布鲁明顿

风格的插图

到田纳西的州府纳什维尔参观美术馆，赶巧碰上了麦拉·卡尔曼（Mairakalman）画展。这里的美术馆是由邮局改建，规模不大，这天占据主要展厅的是世界动画史展，卡尔曼的画展只挤在一隅，不大起眼，几乎被声光电的热闹动画电影所淹没。

卡尔曼画展中的画幅都不大，大多是一个32开书本的大小，画框也不算多，五六十幅的样子，细碎的小花一样散落在展厅。但是，颜色都很鲜艳，画里的人物和景物都十分生动，画得很随意而直率，逸笔草草，线条爽朗，一笔下去，似乎从来不用修改，像水任意流淌，爱是什么样就什么样，不大符合正规的画法，倒像是小孩子的信笔涂鸦，充满可以会心会意的情趣。仔细看介绍，才知道，整个画展中的画，都是为一本叫作《风格的元素》（TheElementsofStyle）的书所作的插图。

《风格的元素》，倒是听说过，是一本专门教授英语写作的书，早在1919年出版，已经是一本有着近百年历史的经典老书。但是，见识的短浅，麦拉·卡尔曼这个名字，却是第一次见到。看展览的介绍，她是一位世界知名的犹太画家兼作家，以插图画最出名，1949年出生，纽约大学毕业，专门为纽约时报和《纽约客》杂志作插图。想想，作家画画的，在世界上不少，美国作家冯内古特就画画，还出版过他的画册，不过，在文与画之间，显然以文为主，画只是挂角一将。卡尔曼与众不同处，在于她以画为主，她所出版的所有书中，都是图文并茂，图胜于文。

选择为《风格的元素》作插图，足见她的智慧和功力。对于英语写作，这是一本经典之作，很多人都知道。为这样一本书作插图，首先得有删繁就简的本事，一下子抓住要害，在关键之处插图，既要能画龙点睛，又要一目了然；让人会意能懂得奥妙，又让人会心能悟得一笑。在这里，看得出卡尔曼的本事，她用简洁的线条和鲜艳的色彩，有时是大胆夸张的形象，使文字如虎添翼，活色生香。我不大清楚她用的什么颜料，看画面像是水粉，但那水粉用得有时候有些油画的效果，有时候又有些水彩的感觉，感觉很奇妙。特别是她的很多画面充满童趣，那么的让人容易亲近，真的让人美不胜收，叹为观止。

站在她的画前，我想起我们的插图画。在以前，有一批专门为图书和报刊画插图的画家，像贺友直、华三川、黄永玉等，现在已经很少见了，原因很简单，插图很难赚钱。我们的插图水平日渐低下，便是当然的事情。现在，我们也有专门画插图本图书的画家，比如几米，但不是太向卡通画靠拢，就是打扮得过于小资，缺少了卡尔曼那种率性所至的随意和童趣。

因为这个画展是个特展，不允许拍照，我恰巧又没有带纸笔，但看到她的有些画真的是爱不释手，舍不得离开，只好用手机随手画了几幅，匆匆记录下来，作为学习，也作为纪念。

回到住处，赶紧去图书馆借卡尔曼的书，只借到一本《追求幸福》（AndThePursuitofHappiness）。知道她已经出版了17本书，全部都是企鹅出版社出版。这17本书中，除了包括《风格的元素》的插图本和《追

求幸福》等四五本是为成人所作，其余都是为孩子所作，便也就明白了
她的画中为什么总是充满着童趣了。真正好的绘画，都应该是充满童心
的返璞归真之作，那里的画面也好，色彩也好，线条也好，才会随心所
欲，浑然天成。

　　这本《追求幸福》，近500页，一半多的页码是插图，风格和《风
格的元素》一书相近，不过，更多了人物的肖像，那些肖像包括林肯
总统在内，也只是神似而已，却格外生动俏皮。这是2010年出版的书，
记录了2009年一年的时间里，以美国历史人物为线索，卡尔曼寻访美国
各地，记录了美国人民追寻幸福之路。这也是一本美国200年的历史之
书，简洁的画面，俏皮的文字，却十分厚重。卡尔曼从1月到12月分为

十二章画起，第一页，画的是托克维尔那本有名的《论美国民主》的书封面。对美国历史的追寻，双重叠印在这本书中，追求幸福，便在历史与现实中互为镜像。

厚重的历史，被她处理得并不是只有我们惯常见到的那种需要背诵的时间地点人物事件的宏大叙事，而有现今生活中泛起的点点涟漪，便将厚重的历史描绘得风生水起而充满可触可摸的丝丝情感。比如1月和2月，她去华盛顿、费城、肯塔基和伊利诺伊等地，一路寻访林肯的足迹，既画了枪杀林肯的那柄手枪，和林肯死时坐的那把摇椅，林肯出生时的那间小木屋；也画了沿途方便时洗手池旁那束好看的假花，黑人保安女子那两弯别致的红眉毛，以及在林肯墓地捡到的树叶，见到的叫作林肯的餐馆，花了一个林肯和两个华盛顿的纸币吃的煎蛋；也画了自己亲手抚摸当年林肯总统就职宣誓时手扶的《圣经》的感觉，见到了全国150位林肯扮演者之一，想象着把这150位都请到自己家中吃饭的情景……注重大海，又不拘细流；画出历史的轨迹，又画出自己的感受。画得真好。

更想看到她画的那本《风格的元素》了。上网订购一本，这是已经一版再版的畅销书。旧书4美金，新书9美金，怕旧书早已售出，赶紧打下键盘上的按键，订了一本新书。

2014年9月27日于布鲁明顿

麦斯威尔庄园

我管它叫作麦斯威尔庄园。它的原名，以前叫作奇克伍德庄园，现在叫作纳什维尔艺术与园艺之家。这两个名字都难记，还是麦斯威尔庄园好记，因为麦斯威尔咖啡，很多人都知道，现在世界各地仍然在卖。

庄园的主人，就是麦斯威尔咖啡的创始者乔尔·奇克。庄园最初就是以他的名字来命名的。这个庄园占地55英亩，在美国南方，这样的庄园不是最大的，在美国南北战争之前，榨取黑奴劳作的血汗而发财致富的大款们建造起的硕大的庄园，随处可见。纳什维尔是田纳西的州府，当年靠贩卖皮毛，养殖种马，制作咖啡，而迅速脑满肠肥的富人的庄园，在纳什维尔的东南部，鳞次栉比。小桥流水，雕栏豪宅，郁郁森林，茵茵草坪，一派昔日的富丽堂皇，不少依然属于私人的领地，至今荡漾着骄人的回响。

乔尔·奇克的庄园是建得比较晚的，比较奴隶制时代的前辈，他发财发得很晚。1890年之前，他还只是肯塔基州一个杂货商的推销员，看过美国剧作家阿瑟·米勒的《推销员之死》，知道推销员工作的辛苦乃至辛酸。不过，他爱喝咖啡的嗜好，帮助了他命运的转折。他不满足当时咖啡的口味，用各种咖啡豆，进行不同排列组合的试验，调制出不同口味的咖啡，最后找到了自己最满意的一种，便带着这种咖啡，从肯塔基来到田纳西，来到更为开放而发达的纳什维尔，用他推销员练就的本

Cheekwood 查斯威尔花园 FuxiNG 2014.9.6与外同在此写生

事，推销这种咖啡。犹如神助一般，这种新口味的咖啡让他一举成功。这种咖啡，便是一直喝到现在的麦斯威尔咖啡。

1892年，乔尔·奇克成立了麦斯威尔公司，他从一个小小的推销员变成了大老板。在他的咖啡包装上有这样一句商标注册语："这杯咖啡，滴滴香醇，意犹未尽。"是当年罗斯福总统的话，成了他的免费广告。

1929年，他用卖咖啡三十七年赚的钱，买下了这片林地，开始学习他的前辈，建造自己的庄园。这几乎是世界所有发财的商人一贯的路数，置地建房，香车宝马，豪宅娇妻。那不仅为自己享受，更是财富和身份的象征。他请来纽约最好的设计师，帮他设计他的庄园，设计师没有辜负他的心意和高价聘金，用就地挖出的石头，盖起了他的豪宅，然后在挖出石头之后出现的深坑上，建造起了漂亮的湖泊。奇克自己则专程远渡重洋，到英国伦敦购买全套的家具，将这些家具全部运回，就用了十几列火车皮。那时的美国人和我们现在一样，也是崇洋媚外，唯欧洲是从。

庄园整整建了三年，1933年完工，奇克夫妇搬进新宅，只住了两年，便在1935年同一年先后脚跟着脚的去世。参观这个庄园的时候，我心里悄悄在想，奇克奋斗大半生才建起的庄园，自己还没有怎么享受，就撒手而去，如果他不是财大气粗的这么折腾，也许会多活几年。不过，这个想法似乎不够厚道，作为一个商人，他的做法无可厚非，不能要求他像当年的总统杰斐逊一样，在文件中将"追求财富"最后改为"追求幸福"。在所有商人的眼里，追求财富，就是追求幸福。

奇克有一男一女两个孩子，他把庄园给了他的女儿沃菲尔德·奇克，这一年，沃菲尔德20岁。22年之后，1957年，沃菲尔德夫妇把庄园捐献给了国家，这应该也是对她父亲奇克先生最好的纪念。1960年，庄园正式对外开放，取名为纳什维尔艺术与园艺之家，一直延续到半个多世纪后的今天。

之所以叫这个名字，是为了突出庄园的艺术和园艺这两个特点。庄园的主要建筑，即奇克的豪宅，如今成为了美术馆，他当年宽敞的马厩，也改造成了另一处艺术的展厅。进美术馆，一层大厅的墙上悬挂着奇克夫妇的画像，两侧是文艺复兴时期在欧洲极其流行的旋转楼梯，当年奇克从伦敦运来时费了老大劲。二楼是题为"沃霍尔和花"的特展，选取美国著名波普艺术家沃霍尔用各种方法绘制的各种花朵的美术作品。还有奇克一家当年家居情景的再现，当然，也有当年麦斯威尔咖啡的老式包装样子。一个家庭和世界的关系，尤其是和艺术的联姻，在时空的交织中，产生一种奇异的感觉。如果，他的孩子没有把这里捐献出来，而是还像这里很多庄园一样，深藏在密林深处，那么，这样的感觉还有吗？即使也有尘封在宝匣里的宝贝，却没有那么多人的参与，便也只是属于一隅窄小的天地，难以见到这样轩豁的天空。

庄园最值得一看的是它的园艺部分，它是由上百个大小不一的花园构成。那些花园玲珑别致，独具匠心，每一处不尽相同，珠串一样串联在一起，色彩纷呈。我来这里，花园里有雕刻小径和昆虫雕塑展览。那些木制的蜻蜓、蚂蚁、螳螂、蚂蚱、蝴蝶、蜘蛛、蜜蜂，置于花丛草坪和湖水之中，最受孩子的欢迎。特别是蝴蝶的翅膀变成了蹦跳的弹簧，蝴蝶的身体变成了滑梯；蜜蜂的蜂巢成为了捉迷藏的地方和攀援的阶梯，常可以听到孩子们和这些昆虫一起嬉戏的欢声笑语。雕刻小径，需要人走进密林中寻找，曲径通幽处，有来自美国各地雕塑家用不同材质雕刻的14件具象和抽象的艺术品，隐藏在林中小径的两侧。当你走出了这个艺术小径，便又回到了美术馆的后身，小径是精心设计的一个半圆，让你走进迷宫，又走回起点，完成了一个象征意义的循环。

如此美丽而别致的庄园，麦斯威尔主人的孩子把它捐献了出来。不知道我们国家的那些发了财的大款和他们的富二代，可曾也有过这样奇迹出现。我想起去年在辛辛那提参观过的塔夫特美术馆。主人是辛辛那提历史上第一位百万富翁塔夫特先生，他的独生女安娜·塔夫特，像奇克的女儿沃菲尔德·奇克一样，也属于富二代，从父亲那里继承下万贯家财，完全可以过一种贵妇人的生活。她却是将自己拥有的价值连城的艺术藏品，外加父亲给她的这幢别墅一并捐献出来，辟为了为大众服务的美术馆，将一己的私人空间变为了公共空间。尽管在美国富人捐献自己的遗产，富二代捐献继承的财产，有种种原因，出发点不尽相同，但是，毕竟不是条条大路，都通罗马的，不是所有的富二代，都可以这样做的。在这个世界上，终究会有一些人，像塔夫特的女儿，像奇克的女儿，却能够这样去做。这在私欲膨胀拜金主义盛行的今天，还是令人感动并感慨的。

塔夫特美术馆，远没有麦斯威尔庄园大，那里只是一幢带花园和露台的三层楼的别墅。我走了大半天的时间，也没有走完麦斯威尔庄园，眺望远处的绵绵群山和密密森林，如果按照我们的开发商一样计算着每平方米建筑面积的价格的话，这占据纳什维尔富人区中55英亩22万平方米的土地，该价值几何呀。世上很多的事情，真的是无法用金钱能够衡量得出来的。对于越来越把金钱当成我们人生唯一信仰的现实而言，走在麦斯威尔庄园里，感慨良多。

据说，春天和初冬，麦斯威尔庄园最漂亮，春天这里有十万多朵郁金香盛开，而到万圣节前后，这里遍地是金黄色的南瓜，该是何等的壮

观景象。境由心生，大自然所有的壮观，都是人心的对应物，也应该是历史有形的回声。不由得心想，奇克的女儿沃菲尔德，大概已经不在人世，要是活着，明年整整100岁了。

2014年9月10日纳什维尔归来

城市的想象力

在美国中西部，圣路易斯比芝加哥的历史要久，规模也大，号称
"西部之门"。可看的地方很多，比如密西西比河畔著名的拱门、城
西世博会遗址开辟的比纽约中央公园和芝加哥林肯公园还要大的森
林公园、获得美国城市设计大奖的市中心的城市花园等。但我选择
的是城市博物馆。是专程慕名前往。为了一个叫作罗伯特·卡西里
（RobertCassilly）的人。

起初，我不明白为什么卡西里把这个地方命名为城市博物馆。它
离市中心很近，是一座十层大楼，现在开放的是一至四楼和顶层的
露台。这里完全是一个儿童乐园，但和诸如迪斯尼乐园等儿童乐园完
全不同的是，除露台上有一个旋转轮盘的大型电动游乐项目外，没有
一点儿高科技的影子，楼上楼下，脚前脚后，遍布洞口，你可以随意
从任何一个洞口进去，在斗曲蛇弯的洞中钻来钻去，不知会从哪一个
洞口钻出来，眼睛一亮，别有洞天。很可能是一个新的楼层，也可能
是一个新的游乐场，也可能是一个长长的滑梯，坐上去载你滑到别
处。大楼的天井，被充分利用，变成了一个神秘的山峰，里面布满
纵横交错的暗道机关，可以看到传说中的神女和动物雕塑，在迷离
灯光下闪烁着诡异的光；也可以通向不同的楼层，替代了格式化的
升降电梯。

到处可以看到孩子们止不住的笑脸，到处可以听到孩子们惊异的尖叫。简直就像迷宫，就像地道，地道全都是用结实的钢丝和钢管组成，孩子们，也有好奇的大人，在幽暗的洞中爬行，像鼹鼠挖洞，像泥鳅钻沙，带给人的乐趣，和高科技的游乐场完全不同，是一种全新的体验，说其新，是因为你完全靠自己的手和脚感受意想不到的新奇，那种感觉，有点儿像走进童话中神秘的森林，或阿里巴巴探宝的芝麻开门关门的山洞。

所有这些创意，都来自罗伯特·卡西里。他就是想用最朴素的方法，甚至是工业时代最原始的方法，创造电子时代现代科技所不能带给孩子们的乐趣。

不过，这只是卡西里的初衷之一。在注意到这些洞口和地道之外，必须注意到各层楼的空间所陈设的东西，你才会明白他为什么把这里叫作城市博物馆。大厅里所有的柱子都被重新包裹。包裹的材料五花八门，有碎瓷片，有废钢管，最新奇也最漂亮的是电子排版早就不用的铅板字母和图片磨具。柱子焕然一新，是我在别处完全没有见过的最神奇的柱子。大厅里还有残缺的大理石雕像镶嵌成过廊的门框；吊车吊着废矿石，立在水池边成了新颖的装饰；老式的旧壁炉变成冰激凌小卖部的窗口；破旧的钢琴任人弹奏别人永远听不懂的音符……所有这些东西，都是卡西里从城市收集来的。其中最醒目的是一架管风琴立在客厅正中，成为孩子照相的好道具。那是卡西里从纽约一家老剧院里收购来的废弃不用的老古董。

看到这一切，你才会多少明白卡西里心底的愿望。所有这一切在城市现代化进程中被废弃的东西，也就是我们常说的可以送进垃圾场的废品，在这里都焕发出新的色彩和活力，被重新定义而有了艺术的魅力。

这就是为什么卡西里把它称为城市博物馆的理由。在这里，孩子们可以尽情玩耍，也可以看到城市发展过程中所遗留下来的轨迹，就像风飘过后留下一缕并未过时的清凉。

卡西里是一位城市雕塑家。但是，他不是那种非常出名的雕塑家。在美国，他的名气远远赶不上理查德·塞拉（RichardSerra），也赶不上塞拉的雕塑大气磅礴，占据城市要津。尽管在纽约曼哈顿游乐场有他的河马，达拉斯动物园有他的长颈鹿，圣路易斯街头有他的乌龟和蝴蝶，但这些雕塑只是一些动物小品。因此，他不是那种发了大财的雕塑家。1983年，他买下了这幢大楼，原来是一家制鞋公司。圣路易斯最早靠贩卖毛皮起家而建的城市，当年以皮鞋制造业成为美国重镇。时代的发展，皮鞋制造业沦落，工厂和公司门可罗雀，他以每平方英尺零点六九美元的价格，很便宜买下这幢两万三千平方米的大楼。买下它，就是想把它改造成为一个公共空间。难能可贵的是，卡西里不像我们有些雕塑家和画家，腰缠万贯之后，想到的只是扩大自己的私人空间，企望的是别墅或以自己名字命名的美术馆之类。当然，这没有什么不对，只是和卡西里相比，艺术的空间和心灵的空间不同罢了。

一时卡西里没有想好把它变成一个什么样的公共空间。他希望别出心裁，这考验他的想象力。一直到1995年，他想好了建这个城市博物馆，他请来了20位和他志同道合的艺术家一起参与了这个博物馆的建设。他不是那种只出钱不出力的主儿，而是身体力行，事必躬亲。奋斗两年，1997年，城市博物馆正式开张，免费对公众开放，

有意思的是，从开放之始，博物馆并未完全建成，一直到现在，十层大楼只完工了四层。在大门之外，依然可以看到堆满各种建筑材料和

从城市收集而来的废旧物品。一切都还处于现在进行时态。卡西里十四岁开始迷上雕塑，常常逃学跟一位雕塑师学艺，后来他游学欧洲，我猜想他一定是受到了西班牙建筑艺术大师高迪的影响，高迪在巴塞罗那的神圣家族大教堂和居埃尔公园，建了一百多年，还在建设之中。而且，我在一楼和二楼的餐厅里，看到座位和柱子都是用彩色瓷片和各种贝壳装贴而成爬虫等动物图案，色彩极绚丽，和高迪的居埃尔公园里座椅和柱子那种古摩尔式的变种图案非常相似。可以看出卡西里的借鉴能力，帮助他完成他对城市的想象。在这里，他希望更多的人和他一起对这座他的故乡城市增添一些想象力，这种想象力，不是那种我们通常渴望的私人居住的建筑面积和使用面积，而是想象它返璞归真的童趣和美好，以及无限伸展的可能。所以，在这里，一切城市的废旧物品都被他点石成金，成为了艺术。

卡西里说："到城市博物馆转转，让你引起求知的欲望，不是要求你知道它们背后的知识，而是让你惊讶，哦，太神奇了！如果是神奇的东西，就值得保存下去。"他说得很朴素，这是他的审美观，也是他的价值观。

很遗憾，城市博物馆开张五年后，即2002年，开始收费了，每张门票12美金。这并非卡西里的愿望，实在是无力坚持。因为进行中的一切都需要钱。而且，2000年，卡西里收购了圣路易斯城北的一片混凝土工地，他想把那里改建成一个城市艺术的新的公共空间，为大众服务。可惜，2011年，他在那里开着推土机干活时摔下山，不幸身亡。

在城市博物馆，我在各个角落里寻找有关卡西里的介绍。按照我们惯常的思路，他出钱出力乃至付出生命寄托着他对这座城市的爱和

梦想的地方，怎么也该有他的一点痕迹。最后，只是在一楼玻璃墙的一块玻璃砖上看到他的一张不大的照片，下面有两行小字，一行写着他的名字和生卒年月：1949—2011；一行写着：城市博物馆艺术总监。

2014年8月12日圣路易斯归来

城市的形态

——圣路易斯断想

走在密西西比河西岸河边的石子路上，日子仿佛一跃百年，回到了马克·吐温写《哈克贝恩历险记》的时代。路边砖红色的破旧楼房，还有废弃厂房的遗迹，甚至连从河上吹来的晨风，都书写着这里沧桑的年轮。

圣路易斯是依托密西西比河建立的城市。没有密西西比河，就没有圣路易斯。也可以这样说，没有法国人，就没有圣路易斯。1764年，法国人来到了这里，发现密西西比河两岸有屠宰后的牛皮可以贩卖发财，开始在这里建立了城市。这座新兴城市的名字，就是为纪念法国国王路易九世而命名的，只不过后来美国人习惯在路易的后面多加了一个"斯"。

当年在美国中部，圣路易斯比芝加哥要声名赫赫，也比芝加哥历史更长。1904年，圣路易斯举办过世博会，见证了它早年的辉煌。我来这里恰是圣路易斯建城250周年，到处摆着插满庆典蜡烛的玩具生日蛋糕。可是，如今走在这样凋零的石子路上，你会感到圣路易斯已经无可奈何的衰老，是一座没落的城市。想当年，这里可是圣路易最繁华的地段，厂房林立，商店鳞次栉比。轮船停泊在密西西比河边，运送着毛皮和其他货物，一时热闹非凡。此刻，却门前冷落车马稀，只有河边矗立着写有"历史老街区"和"马克·吐温《哈克贝恩历险记》处"字样的牌子。河上的老铁桥，河边的老桥洞，都显得有些孤零零的，阳光打在石子路上，凄清而没有回声。据说，只要到夜晚，这里才会有生气，因为这里已经改造成为酒吧街，为了让人们怀旧，饮酒时望着河上浮动的星光月色，与逝去的岁月干杯。这样旧城改造的思路和我们一样，北京的后海和上海的新天地，都大同小异。

从这里往西走不了几步，便是市中心。和芝加哥的市中心比，不知差了几个节气。虽然也有高楼林立，却不见什么人气。不过，芝加哥没有的，是这里有醒目的银色拱门，高达近两百米，一道漂亮的弧线，悬挂于密西西比河畔，上个世纪六十年代建立，寓意为通向美国西部之门，在美国一下子知名度颇高，成为了圣路易斯地标性的建筑。站在这座城市的任何一个角度，都可以望到它。它的下面，成为了一片开阔的公园，绿地平铺，花木扶疏。人们也可以乘电梯到它的顶端，鸟瞰密西西比河和全市风景。

从拱门笔直往西，先是它圆顶的市政府大楼（现在是博物馆），后面是一条带状的公园，成为了城市的中轴线。先是一条花廊、水池和露天剧场，然后是一批共24尊雕塑，错落在树荫花丛与音乐喷泉之中。这是一批来自世界著名雕塑家如马约尔等人的作品，开始第一尊是一位波兰雕塑家的作品，硕大的一个人头横躺着，眼睛镂空，直对天空，如今成为孩子们钻进去把头探出来的游戏场所，这是一尊很有名的作品，曾经在画报上见过介绍，可惜我忘记了作者的名字。依次一路迤逦走下去，左右两边，都会有看得懂看不懂的不同风格的雕塑，如同顽皮的孩子在和你捉迷藏一样，隐现在绿树丛中。收尾的最后一尊，是由巨型钢板搭成几何图形的现代雕塑，是理查德·塞拉（RichardSerra）的作品。塞拉是美国当代著名的室外雕塑家，惯用钢板这样的工业材料做抽象主义的作品。后来在圣路易斯美术馆里看到有一个展厅，专门为其设立，里面全部是他为这尊雕塑设计的草图，明白了这个雕塑的几何图形是为了和前面的拱门相呼应，这条以雕塑而著名的带状花园变得有始有终。只是不明白为什么把它命名为《吐温》，是为了纪念密西西比河之子的马克·吐温吗？

这个公园被命名为城市花园，2009年建立。想也是为了改造旧城风貌，以吸引游人，重振雄风吧。这样的思路，和我们就不大一样了。想起北京中轴线南端最重要的前门大街，曾经被李健吾先生称之为一直"通向中国心脏"的一条大街，改造的思路是重建明清风格的商业街，从来没有想到，商业是一种选择，文化也可以是一种选择，同样在市中心寸土寸金的地方，其实也可以改造为一条带状公园，请来世界知名的雕塑家为其量身制作各种雕塑，让它一直绵延到天坛和先农坛。当然，这只是我的畅想而已。

再往西，过了1865年建立的堂皇的图书馆，和1894年建立的老火车站之后不远，城市一下子变得凌乱甚至荒疏起来，寂静而开阔的大马路上，只有炽烈的阳光跳跃，几乎看不到车辆和行人。想起临来前刚刚读到的徐文长诗句：门前昼静堪罗雀，城上春深好放羊。真有点儿像。和城市花园那种充满艺术灵性的大手笔相比，看得出来，城市财力的捉襟见肘，旧城，尤其是衰老旧城的改造之艰难。哪一座城市都得把粉儿搽在脸蛋上，遍地开花，就会像撒胡椒面，哪里也不会显山显水。

不过，有一处让我眼前忽然一亮。是当代美术馆，一座造型现代的灰色建筑，城市的隐士一般，隐没在一片破旧荒疏的楼群中，给那些好多人根本看不懂也不关心的现代艺术找一个家。现在，正在举办一个名为"艺术创造自己的艺术"的展览。它是2004年建立的。看得出来，改造旧城的思路，在不同地段的不同，这里显得有些零敲碎打，好像是能有多少钱就先干多大的事，而且，并非政府出钱，而是民间筹资，基金会或其他组织，改造一处是一处，只求滴水石穿，不求大轰大嗡，不求大面积的覆盖，一下子显示出改造的力度、声势和模样出来。

圣路易斯的繁华地段在更西。在二次世界大战后，有钱人便开始了从市中心破旧窄小的房子到西郊别墅区的迁徙。这里的西部，和北京崇尚的北部一样，成为了上风上水的地方，房价也成为最高。

难怪人们这样的选择，西郊有早年建的华盛顿大学和世博会留下的遗址，曾经拥有过的鼎盛繁华。和芝加哥不同，芝加哥也曾经举办过世博会，如今却找不到当年一点儿影子，世博会旧址早被拆除干净。和我们的思路也不同，我们会将这样一块现成的地皮，早就算计好每平方米建筑面积的价格，建成商品房。当然，也可以像北京留一块奥林匹克公园，但不可能把所有的地皮都留下来，作为城市公园。如今，这里和当年世博会一样的面积，全部成为了绿地覆盖的公园，叫作森林公园，比芝加哥的林肯公园，甚至比纽约的中央公园的面积还要大。废弃的旧址上改造成各种博物馆，还有一个比北京动物园大许多的动物园。其中，美术馆是最为醒目的，它是当年世博会留存下来的建筑。1883年开始筹建，在世博会前一年1903年建成的一座宫殿式的建筑，门前有路易九世跃然马上的雕像、轩豁的坡地草坪和喷水池，和凡尔赛宫有几分相像。如今，几经改建，依然维持当年的风貌，成为了这里地标性的建筑，可见当年世博会的影子。值得一提的是，这里所有的馆舍都是免费的。这真的是体现这座城市与众不同的风度和价值观，如果和我们这里一些本来属于公共属地的公园等地水涨船高的门票价格相比，实在让人汗颜。

有意思的是，圣路易斯的城南，和北京的城南相似，一样也是没落。这里紧靠密西西比河，就像当年北京城南紧靠大运河的终端一样，靠水陆码头而兴盛。如今水路码头的衰落（北京是转移），这里跟着一起逐渐衰落。世界上所有城市的升沉变迁，其规律是一样的。圣路易斯没有把自己的气力放在城南，去做那种力所不及费力不讨好的事情。

如同北京城南有最古老的街区一样，圣路易斯的城南也有它最老的街区，便是Soulard法国区。据说，Soulard是一个法国人的名字，当年，也就是1764年，路易国王就是命令他来到这里考察的。可以说，他是第一个来到这里的法国人，这里便成为圣路易斯最早的街区。

我来到这里的时候，天正当午，阳光热烈，肆无忌惮地在大街小巷流淌。驱车先转了一圈，和北京前门街区大小相差不多。难得的是一两百年前建的楼房，一片砖红色，齐刷刷的居然都还健在，并没有什么破坏，只是重新粉刷过。这要归功于一两百年居住在这里的人对房子不停的维护，房子和人一样，只养不管，是不行的。沿街还能看到有人家在楼外搭梯子在维修房子。只是这样的维修和保护，依靠的是居住在这里的人家，而非政府。政府在这里的投入不多，并没有像有的城市，比如我去过的辛辛那提改造它的一条叫威尼斯的老街成为餐饮商店一条街，和我们北京的南锣鼓巷和鲜鱼口的改造思路一样，企图恢复旧貌，却是打破了旧有的平衡，破坏了城市硕果仅存的老街区的肌理和原始风貌。

居住在这里的人早已经不是法国人，几代的变迁，不少有钱的法国人早搬到西郊。宅第换新主，衣冠异昔时，如今，这里是都市白领青年的领地。他们愿意居住在这里，因为这里老房子的面积都不算大，离市中心只有一步之遥，况且，有着悠久的历史可以凭吊和怀旧。这里非常安静，很少见游人到这里闲逛。沿街街树不多，店铺不多，只有零星的礼品店，咖啡馆、小饭馆和冰激凌店，散落在街角，显然，是为这里的人服务的。

有意思的是，这里有一个市场，是全美国最古老的一个市场，建立于1779年，也就是Soulard来到这里15年后建起的一座市场。市场靠近密西西比河，市场是一座城市发展的先头兵，市场的发达，这座城市才渐渐发展起来。250年，对于拥有几千年历史的我们中国而言，真算不得什么，对于美国却是一个了不起的数字。了不起的，更是圣路易斯在它有限的财力面前，面对一座美国历史古老的没落之城改造的思路和态度，他们以保守的改造方式和进度，保存着这座城市不同的形态，尽可能的再现历史，并让历史在现实的缝隙之间衔接而呈现出丰富的多样性，而不让这座城市的形态向日葵一般只向着商业化一种方向。

多少有些遗憾的是，我未能进入这座美国最老的市场买一点儿新鲜而便宜的水果和蔬菜。因为它周三到周日开张，我去的时候是周一。只好围着它转了老大一圈，想象着它昔日的辉煌和今日的时光倒流。

2014年7月19日记于圣路易斯

从荒原小木屋走来

——林肯出生地小记

很难想象这里原来是一片荒原。一眼望不到边的绿色田野，树木和远处一抹淡淡的青山，安静得只有风吹玉米地飒飒的声响，和几声清脆的鸟鸣。但是，两百年前，这里确实是一片荒原。当年，林肯的父亲就是第一批到这里的垦荒者。

车子从田纳西州的州府纳什维尔向北，开到肯塔基州的州府路易维尔的路上，可以看到"国家公园林肯出生地"醒目的指路牌。这里离路易维尔有一百公里左右，下高速公路开大约十几公里，便到了这片曾经的荒原，叫作诺林溪（NolinGreek）的地方。当年，林肯的父亲看中了这里有一汪清澈的地下泉水，便用200美元买下了四周占地300英亩的荒地。这里叫作泉水农场，我猜想大概是林肯父亲当年起的名字。泉水，让这片荒原有了生命。第二年，即1809年的2月，林肯降生在这里山坡上一座小木屋里。据说，那天风雪弥漫。但是，泉水没有冻住，关系美国命运的一个至关重要的生命诞生了。

如今，那座小木屋早已经不复存在。当年，这样的小木屋也曾经存留很多座，都是一样木板搭建而成，一窗一门，模样相似。如今，这里成为了林肯出生地博物馆，馆里有一座复原的小木屋，很显然经过了艺术的加工，逝者如斯，还原历史已经不可能。当年，林肯的小床上哪里会有棉褥和床单，铺的只是玉米叶子，窗户遮挡风雪的只是猪皮，盖在身上取暖的是一张破熊皮。小木屋，成为了这里的一种象征物，在博物馆对面的茵茵草坪上散落如花立有好多座这样的小木屋，成为了今天的旅店，可以怀旧，却难以重返历史。

农场这个词儿的翻译，让我想起北大荒，那里也叫作农场，大概是一个意思，因为都曾经是荒原，垦荒者的到来，让荒原变成了有了人及农作物生命的农场。林肯小时候和父亲一起成为这里最早的也是最小的垦荒者。博物馆里有电影放映厅，循环播放着电影，告诉人们林肯小时候和父亲一起开荒，播种玉米和南瓜，下河捉鱼，和母亲一起看家里的一本破旧的圣经。可以说，林肯是一个贫穷农民的孩子，他只上过两年的学，以后完全靠着自己的努力成为了一名律师，一名议员，一直到成为美国的国家总统。林肯是美国梦具体而形象的化身和象征。所以，在美国历届总统中，没有一位能够如林肯一样赢得美国人民由衷的热爱和尊敬。记得在林肯诞辰200周年纪念会上，奥巴马演讲时曾经说过这样的一句话："是他让我的故事成为可能，是他让美国故事成为可能。"这话说得朴实又意义深远。

如果真的有美国故事的话，这个故事既传奇，又平凡。传奇在于它能够让一个从荒原小木屋中走出来的人成为了总统，这在讲究出身和血统的所谓官二代富二代并依此编织关系资源网的传统社会中是不可想象的；平凡在于它确确实实是一个平凡人的故事，只不过这个平凡人结束了南北战争，废除了蓄奴制，让平等民主自由的梦想成为了现实之路。

在展览大厅的门口，立有一尊林肯一家四人的铜像。母亲英俊，父亲挺拔，融有对那一代垦荒者的尊敬和想象。姐姐的小手让父亲牵着，林肯在母亲的怀中扭过头去，只留下一个背影。而在铜像的另一侧，则是占据半面墙的林肯总统的标准像，两者成对角线的位置相互遥望，构成了既是历史又是人生的叙事链条，非常有意思，耐人寻味。

更为耐人寻味的是林肯纪念堂。沿着博物馆后面曲折的木栈道，穿过林荫和草坪，可以到达纪念堂的后面。后面很漂亮，松树、橡树和板栗树，树冠硕大如伞；草坪平展如毯，一直通向远方的山坡，降生林肯的小木屋就在山坡上面。如今，那里连接着刚下过的一场阵雨后湛蓝的天空，有一只鹰在盘桓。

大理石建造的纪念堂里，泥土地面，别无他物，只有一座小木屋，一窗一门，是林肯降生的小木屋的复制。如此朴素，又如此别致，在别处大多立有雕像、卧有水晶棺椁、铺有水磨石地面的伟人纪念堂里从未见过。不知道是什么人的构想，这个构想，突出了小木屋，突出了林肯的故事的源头，突出了美国梦想的精神。它让我想起了在展览大厅前那尊林肯一家四口的铜像和林肯总统的标准像的呼应，大理石的纪念堂和小木屋也是一种呼应，它告诉人们，伟大的林肯，其实也是从小木屋走来的。

纪念堂有16根罗马圆柱，四围有16扇窗户，天花板有16个花环，都象征林肯是美国第16任总统。从前面走下去，有56阶台阶，象征着林肯只活了56岁。下得最后一个台阶，往右一转，便是那汪泉水。如今，周围的一切都已经发生了沧海桑田的变化，唯一没变的，只有这汪清泉水，依然汩汩如注在喷涌。人事有代谢，往来成古今，世上毕竟还是有亘古未变的恒定的东西存在。

2014年9月5日路易维尔归来

（完）